十津川警部　九州観光列車の罠

西村京太郎

集英社文庫

目次

十津川警部　九州観光列車の罠

第一章　或る列車

1

雛祭り(ひなまつ)の前日、警視庁捜査一課の十津川(とつがわ)班が捜査していた殺人事件が突然、解決した。この事件は、「元国務大臣が逮捕されそうな殺人事件」と呼ばれていた。

最初は小さな事件に見えた。

去年の十月七日の早朝、井の頭(いかしら)公園の池に、中学一年生・十三歳の少女の死体が浮かんでいるのが発見された。少女の名前は、丹羽清美(たんばきよみ)。三鷹(みたか)に住むサラリーマン夫婦の長女だった。司法解剖の結果、死因は窒息死と分かった。何者かが、十三歳の少女の細い首を絞めて窒息死させたのである。前日、中学校の帰りに行方不明になり、両親が警察に届け出た直後だった。

解剖の結果、体にいたずらをされた痕跡があった。それを知らされた十津川は、同じような事件が三か月前に神奈川県平塚付近の海岸で、起きていることを思い出した。

被害者は十一歳の少女で、名前は渡辺さやか。横浜の商店街に店を持つ家の次女で、外人墓地の近くにある小学校の五年生だった。

彼女の場合も、学校を出て自宅へ帰る途中、何者かに誘拐され、翌日、湘南海岸の平塚付近で俯せになった死体として発見された。同じように首を絞められての窒息死で、体にはいたずらされた形跡があった。

二つの事件に共通点があることから、警視庁捜査一課と神奈川県警捜査一課との、合同捜査ということになった。

更にその四か月前にも、沖縄の石垣島で似たような事件が起きていることが分かって、すぐ、十津川と亀井刑事が石垣島に飛んだ。

きれいな石垣島の海岸、そこで去年の三月十日に、東京から家族で遊びに来ていた高橋かりんという小学五年生、十一歳の少女が殺されていたのである。この少女も他の二人と同じように首を絞められ、体を犯されて殺されていた。そこで、東京と神奈川、それに沖縄県警の三者で、合同捜査が行われることになった。

この三つの殺人事件で、マスコミには発表されていない秘密があった。

殺された三人の少女、その左の二の腕に、犯人が彫ったと思われる「ＡＫ」の刺青が施されていたことである。いわゆる花文字と言われるデザイン的なＡとＫの文字が二つである。

しかも、その刺青は、犯人が少女を殺した後、死体の二の腕に彫ったものと思われた。犯人を特定出来る一つの証拠である。神奈川県警と沖縄県警が捜査中秘密にしておいた犯人の痕跡だった。それに倣って東京で捜査を進める十津川班も、刺青についてはマスコミには内緒に捜査を進めることにした。捜査会議でも、この「ＡＫ」の刺青は秘密事項とされた。うまくいけば、この刺青から容疑者を特定出来るかも知れないと期待した。その期待が、実現する時が来たのである。

それは偶然だった。被害者の刺青があぶり出した容疑者の名前を見て、十津川たちは驚いた。小西栄太郎(こにしえいたろう)だったからである。年齢は七十歳。著名な政治家だった。小西派という派閥を創り、保守党内に大きな影響力を持っていた。過去に外務大臣や厚労大臣を歴任したこともある。現在は政界を引退した形になっているが、彼が創った派閥は、今でも存在していて、依然として政界に力を持ち、大物政界人として、人気があった。片山(かたやま)総理大臣とも、親密な関係だという噂(うわさ)が流れている。

その小西栄太郎が、最近ひいきにしている新橋の料亭に贈った色紙には、座右の銘として「信なくば立たず」と書いてあった。そこに「Ｋ・ＡＴＡＲＯ」とローマ字のサインをしているのだが、そのＫとＡの形が、三人の少女の腕に彫られていた花文字のＫとＡに酷似していたのである。そのことから、警察の目は自然に、小西栄太郎に向けられた。

三上刑事部長はこの容疑者に対して、明らかに尻込みした。小西栄太郎は現在、千代田区紀尾井町に「小西政治研究所」を持ち、その所長をしていたが、研究所から育った所員の一人が政治家になり、現在の内閣で法務大臣をやっていたからである。下手をすると、小西栄太郎を逮捕するどころか、警視庁幹部の首が飛びかねない。三上刑事部長は、そう思ったらしい。神奈川県警と沖縄県警も同じように十津川たちの発見に対して少しだが、身を引いてしまった。

しかし、十津川たちは、三上刑事部長の不安を考えて、小西栄太郎の他に、何人かの容疑者をわざと作っておいて、彼らを追いかけるポーズを取りながら、実際には小西栄太郎を本命として追いかけていた。

その結果、十津川たちは、自然に小西栄太郎という政界人に近づいていった。

小西は二十二歳の時、大学を中退してアメリカに行き、五年間のアメリカ生活を送っていた。彼の経歴を見ると、確かに渡米して向こうの大学に入り、五年間アメリカの政治経済を勉強して帰国。その後、著名な政治家の秘書になり政界入りしていた。

十津川は、その経歴をまず調べることにした。大学時代の友人で、現在アメリカの大学で日本学を教えている男に、小西栄太郎の五年間のアメリカ時代を教えてもらうことにした。

その結果、アメリカの大学でアメリカの政治経済を勉強していたというのは、どうやら嘘らしいとなった。小西は、五年間、ニューヨークやシカゴで、危ない連中とつき合っていたらしいと、分かった。特に、十津川の興味を引いたのは、黒人の女性と、同棲していたのだが、その時、彼女から刺青師を紹介され、一時刺青に、凝っていたことがあるという事実だった。黒人女性と別れた後は、若い女性を猟色しては、関係を持った。好きになった女の二の腕に、花文字で自分の「ＫＯＮＩＳＨＩ」の名前を彫って喜んでいたという話も知った。しかも、未成年の少女に、異常な関心を、持つようになっていったという。そんな生活を心配した両親は、アメリカに行き、強引に小西を連れ戻し、知り合いの政治家に預けたというのが小西の二十代から三十代にかけての本当の経歴だった。政治家としてのマイナスの経歴は、いつの間にか封印されてしまった。それをこじあけることから、十津川たちは少しずつ小西栄太郎という政治家に近づいていったのだが、東京の井の頭公園で殺されていた、丹羽清美と小西栄太郎の接点も少しずつ明らかになっていった。

小西が密かに資金を出して、三鷹に開園した幼稚園のことも明らかになった。小西は、何故かそのことを秘密にしていたのである。東京の井の頭公園で発見された丹羽清美は、その幼稚園の卒園生だった。

十津川は、少女たちの腕に彫られた「ＡＫ」という刺青は、「ＡＴＡＲＯ・ＫＯＮＩＳＨＩ」のイニシャルに間違いないと、考えた。

小西との接点は見つかったのだが、問題は、十月六日のアリバイだった。

丹羽清美の死亡推定時刻は、十月六日の午後七時から八時の間だった。その日、小西栄太郎は、東京のMホテルで著名な政治評論家の出版記念パーティーに出席していたのである。そのパーティーは、午後六時に始まり、八時に終わっていた。小西栄太郎はそのパーティーが終わるまで、つまり午後八時まで、ホテルの「孔雀の間」にいたと証言しているのである。それが事実なら、小西栄太郎には丹羽清美を殺すことは出来ないし、ましてや、殺した後、少女の二の腕に「ＡＫ」の刺青を施すことも出来ない。そこで、捜査はいったん頓挫してしまった。

ところが、その一か月後になって、小西栄太郎の愛人と言われている新橋の料亭「けいこ」の女将、今田けいこに密着して調べていた亀井刑事が、彼女の手紙の下書きを手に入れたのである。これは小西栄太郎に宛てたもので、七十歳の小西が気に入るように毛筆で書かれていた。

今田けいこは四十代後半のなかなかの妖艶さで、客扱いもうまく、財界人や政界人が引きも切らず、通ってくる。小西栄太郎の後ろ盾のおかげと言われ、店は繁盛しているという。

この手紙を亀井に渡したのは、女将の世話をしていた六十代の女性で、つい最近、些細な不始末を責められ、首を切られた。その恨みから、女将の部屋に忍び込み、文机の上に置かれていた手紙の下書きを見つけ、いつかそれを週刊誌に売り込もうと持っていたそうだ。小西栄太郎は、政界の黒幕であり、有名料亭の女将との不倫関係となれば、大きな話題となることは間違いない。そのネタに週刊誌も食い付くだろうと考えていた。そこに亀井が現れたので、彼女はてっきり、手紙を盗んだことが発覚して、訪ねて来たと思い込んだようだ。亀井は、その手紙をやすやすと入手出来たのだった。

そこには、十月六日のパーティーを抜け出して、わざわざ、吉祥寺の自分のマンションに来てくれたことが嬉しかったとあり、しかし、小西に抱かれている間に眠くなってしまった。眠っている間に、どうして私に断りもなく帰ってしまったのか、そのことが悔しいとも書かれ、その代わり今度は沖縄に、連れて行って下さい、約束ですよと結ばれていた。

この手紙によって、小西栄太郎の十月六日のアリバイは崩れた。小西の弁護士は、この手紙には、本当のことは書かれていない、小西は東京のMホテルで開かれた政治評論家のパーティーに出ていて、午後八時までいたという証人もいると、抗議した。

それでも警察は令状を取り、小西栄太郎を殺人容疑で家宅捜索し、今田けいこが送った本物の手紙が発見されたので、逮捕する決定を下した。十津川たちと捜査一課の勝利と新聞は、書いた。その後、黙秘していた小西は、検察に送られ、そこで起訴されることになった。

雛祭りの前日、十津川たちは、捜査本部を解散した。お手柄を立てた亀井刑事には、三日間の特別休暇とボーナスが与えられた。十津川としては、亀井刑事には、三日間ゆっくりと休んでほしかったのだが、子煩悩な亀井刑事は、いつも家庭サービスが出来ずにいるといい、息子が夏休みになる八月に、休暇をもらいたいと希望した。そして、八月二日、小学五年生の長男健一(けんいち)を連れて、九州へ旅行することになった。

2

小学五年生の健一は、鉄道ファンである。いや、鉄道マニアと言った方が、いいかも知れない。日本を走っているほとんどの列車について詳しかった。父親の亀井が忙しかったので、そうした列車に乗ったわけではなかった。今回の特別休暇で、父親の亀井刑事が、どこか行きたい所はあるかと聞くと、健一は、今年になって九州を走っている面白い列車に乗りたいと言った。

九州は、日本一さまざまな観光列車が走っていることで有名である。特に最近、「或(あ)る列車」という奇妙な名前の観光列車が走ることになった。それを雑誌で知って、どうしても乗りたいと、健一が言い出したのである。

そこで亀井は慌てて、最近の列車事情を研究することになった。亀井の知っている日本の鉄道と言えば、地方を走っている第三セクターや新幹線、それに夜行列車である。それが雑誌によると、今や日本の鉄道は、観光列車ばやりになっていることが、分かった。

ＪＲについて言えば、東日本・西日本・四国・九州など競い合って観光列車を出している。ＪＲ西日本で言えば、「ＳＬやまぐち号」「奥出雲おろち号」「瀬戸内マリンビュー」「花嫁のれん」。ＪＲ東日本は「ＳＬばんえつ物語」「リゾートしらかみ」などだが、圧倒的に多いのがＪＲ九州の観光列車だった。

「ゆふいんの森」「いさぶろう・しんぺい」「はやとの風」「海幸山幸」「あそぼーい！」「Ａ列車で行こう」、そして今度「或る列車」という奇妙な名前の観光列車が走ることになって、健一はそれに乗りたいというのである。

健一が持ってきたパンフレットの、「或る列車」の写真を見た。二両編成で、外観は金ピカ、そのくせどこか、クラシックな感じもある。パンフレットには、この列車の説明も載っていた。それを読むと、「或る列車」という名前の由来には、他の観光列車とは、少しばかり違ったところがあるという。

九州の場合は、有名な列車デザイナーがいて、彼の設計したさまざまな形の観光列車が、作られ、走っている。この「或る列車」は、そのデザイナーが設計したというよりも、明治三十九年（一九〇六）頃、九州には「九州鉄道」という私鉄が走っていて、その鉄道会社がアメリカに、列車の設計や製造を依頼し、作られた豪華列車の「九州鉄道ブリル客車」、通称「或る列車」を元にしているというのである。

当時としては、日本で最も豪華な設備を持った客車になるはずだったが、発注した「九州鉄道」が国有化されてしまったために、この豪華列車が走ることはなかった。このままだったら幻の豪華列車で終わってしまうはずだったのだが、最近亡くなった原信太郎という鉄道模型の神さまといわれた人が、走らなかった、この豪華列車の模型を作製していたのである。

精密な模型として残されていた豪華列車、それを今回JR九州が、模型から逆に実際の豪華列車を復元製造し、それを、走らせることになったというのである。二両編成と小さいが、車内はとにかく豪華に作られている。

そして、パンフレットの最後には、「或る列車」という「ARU」の説明があった。Aは「AMAZING＝素晴らしい」、Rは「ROYAL＝豪華なデザイン」、そして最後のUは「UNIVERSAL＝世界中の皆さまに愛される列車」。それを続けて「ARU　或る列車」というらしい。

ところが、「或る列車」の乗車心得なるものを読んで、亀井は面食らった。

あの「ななつ星」を作ったJR九州らしく、誰でも「或る列車」に乗れるわけではなく、難しい乗車心得のようなものが作られているのだ。

第一は、「団体専用列車のため、時刻表等には掲載されません」となっている。

幸い、健一は鉄道ファンなので、あるファンクラブに入っており、亀井もそのクラブに入った。小さなクラブだが、情報をもらい、乗車申し込みをしていた。

第二は、「車内は大きなお荷物を置くスペースがございません。大きなお荷物を持ち込む場合は予め（あらかじ）お申し出下さい」

これは、亀井親子とも、小さなリュックを使っているから、大丈夫である。

第三には、「十歳未満のお子さまは、ご乗車いただけません」

幸い、健一は、十一歳だから、辛（かろ）うじて合格である。

第四、「或る列車への飲食物のお持ち込みは、ご遠慮下さい」

第五、「服装について、特に定めたものはございません」

第六、「車内で軽食（ＮＡＲＩＳＡＷＡ）とスイーツ三品、ミニャルディーズ（お茶菓子）をご提供します」

第七、「オプショナルメニューやお子さま用のメニューのご用意はございません」

第八、「或る列車は、途中の駅で乗降することができません」

他には、「長崎駅一四：五三発（全席指定席）→佐世保（させぼ）駅一七：三五着。列車内には、一四時三九分頃よりご乗車いただけます」とあった。

最近は、この観光列車の上を行く「クルーズトレイン」と呼ばれる豪華列車もある。

JR九州の「ななつ星」が、その例だが、料金も高い。それなのに、人気が高く、切符はなかなか、手に入らない。

これが成功してから、JR東日本と、西日本が、同じようなクルーズトレインを走らせることを発表した。JR東日本の「トランスイート四季島(しきしま)」であり、JR西日本の「トワイライトエクスプレス瑞風(みずかぜ)」である。

「走るホテル」とか「一車両一室」と宣伝していて、豪華であることは間違いないが、とにかく高い。一週間ぐらいの日程で、一人七五万円とか、一室二名で一四〇万円といわれるのに、乗車希望が多く、切符の入手は、大変らしいのである。

「或る列車」の方は、そんなには高くはないが、それでも長崎—佐世保と短い区間なのに、大人は二万五千円、子供は二万三千円である。

嬉しいことに、亀井と息子の切符は、手に入った。

その切符が送られてきた。

或る列車、座席指定券（2名利用テーブル）とあり、カメイ様と、打たれていた。

長崎駅発一四：五三→佐世保駅着一七：三五　1号車　2番テーブル

健一は、その切符を、一日中ひねくり回していた。

3

八月二日。

三日間の休暇は貴重なので、亀井は、健一を連れ、長崎までは、飛行機を使うことにした。

亀井としては、妻や娘も連れて行きたかったのだが、娘は、鉄道ファンではないうえ、ミッキーマウスのファンだから、亀井たちが九州に行っている間に、妻とディズニーランドへ行ってくると言った。

結局、亀井は、息子の健一と二人旅行ということになった。

羽田空港から、一〇時〇五分発の飛行機である。雨の気配はなくて、亀井は、ほっとしたが、日差しは厳しかった。

三日間は、台風の近づくこともなさそうである。

正午すぎに長崎空港着。

こちらも暑い。リムジンバスで空港から町まで行く。

時間があるので、昼食を取ることにして、中華料理の店に入る。亀井は、家を出る時、長崎で昼食になるだろうから、その時には、長崎名物の「長崎ちゃんぽん」を食べるぞと、宣言していた。十一歳の健一は、あまり気が進まないようだったが、父親の言うとおりに長崎ちゃんぽんを食べた。

その後、いよいよ、長崎駅から待望の列車に乗車である。

一四時五三分発だが、一四時四十分頃までに集合下さいと、言われているので、亀井たちは、時間に合わせて、長崎駅の一番乗り場に行った。

すでに「或る列車」は、ホームに入っていて、ホームには、乗客が、集合していた。健一にはほとんどが見覚えのない顔だった。どうやら、乗客はいくつもの小さな鉄道ファンクラブの人間たちらしい。

乗客たちは、「或る列車」に向かって、盛んにカメラのシャッターを切っている。

写真では、金ピカな車体に見えたのだが、実物は逆に、落ちついたクラシックな車体に見える。

二両編成である。先頭車には「或る列車」の表示板が掲げられている。

全席指定である。亀井は、さっさと乗り込んで、指定された座席に腰を下ろしたが、健一は、やたらに、ホームを走り回って写真を撮りまくっている。東京に帰ったら、その写真をクラスの鉄道ファンに分けてやるのだという。

亀井が腰を下ろしたのは、二人用のテーブル席である。

座席もクラシック調に出来ている。基本料金は、一名で二万五千円。子供は、二万三千円である。「ななつ星」よりは安いが、やはり豪華列車である。

ユニフォーム姿の若いアテンダントが、にこやかな微笑で乗客を迎えてくれる。出発間際になってやっと健一が乗り込んできた。

一四時五三分。亀井親子の乗った佐世保行きの「或る列車」は長崎駅を出発した。二両編成の列車は、それほどスピードを上げず、大村湾に沿って佐世保に向かう。長崎本線と大村線の両方の路線を利用しての、佐世保までの三時間足らずの旅である。

終点の佐世保まで乗客の乗り降りは出来ない。亀井としては、ゆっくりと、カウンターでビールを飲んで過ごしたいのだが、息子の健一は落ちつかず、列車の中を走り回っては写真を撮りまくっている。そのうちに亀井は、少しばかり眠くなってきた。ウェルカムドリンクが効いてきたのかも知れない。

席に戻って、うつらうつらしていたのだが、その間も、健一は席に落ちつかない。困ったものだと思いながらも、その一方で、これだけ喜んでいるのだから、まあ家族サービスも出来たと、亀井は、満足もしていた。

一七時三五分、佐世保駅着。亀井は目をこすりながら立ち上がった。リュックサックを持って、車内を見回ってから、初めて健一がいないことに気が付いた。

（困ったものだ）

と思いながら一旦ホームに降りて、健一が、降りて来るのを待った。列車は満席だったから、次々に、乗客が降りて来る。

しかし、いくら待っても、健一の姿はなかった。とうとう、乗客全員が降りてしまった。それを見ながら次第に、亀井の顔が強張っていった。駅員をつかまえると、

「息子がいなくなった。捜して下さい」

と、強い口調で言った。

「この列車に、お二人で、乗っておられたんですか？」

と聞く。

そのゆっくりした口調にも、亀井は、いらついて、

「当たり前でしょう。長崎から乗って来たんですよ。息子と二人で、1号車の二人用の座席にいたんだが、息子が車内の写真を撮っていた。佐世保に着いたら息子がいないんですよ」

「おかしいですね。途中の駅で降りるはずはないんだが」

と、駅員が首をひねる。

「だから、おかしいと言っているんだ！」

少しばかり亀井の口調が荒くなった。

亀井が、肩書きつきの名刺を渡すと、ようやく駅員も緊張した顔になって、すぐ駅長に電話してくれた。駅長室で、もう一度、亀井は事情を説明した。

駅長は佐世保駅構内に付けてある防犯カメラを、調べてくれた。今着いた「或る列車」の乗客たちがホームに降りて、改札口を出ていくところが映っていた。

しかし、何回繰り返して見ても、その乗客たちの中に健一の姿はなかった。

駅長が、佐世保警察署に電話をしてくれた。やって来た刑事に事情を話し、自分のカメラで撮った健一の写真を見せた。

「小学校五年生ですよ。夏休みで連れてきたんです。小柄な方ですが、鉄道ファンで、列車の中でもやたらに写真を撮っていた。当然、終点に着いたら一緒に降りて来るものだと思ったのに、いなくなってしまったんです」

佐世保警察署は、亀井のカメラに保存されていた健一の写真を現像し、コピーを取り、それを、署員に配布して、駅周辺を捜してくれることになった。亀井は、落ちついてはいられなくて、携帯で東京にいる十津川警部に連絡した。

「今、佐世保です。息子が九州の観光列車に乗りたいと言うので、『或る列車』という長崎発佐世保行きの観光列車に二人で乗ったんですが、終点の佐世保に着いたところ息子の健一が消えてしまったんです。今、こちらの警察で捜してもらっていますが、わけが分かりません」

その話に、十津川はすぐには返事をしなかったが、間を置いて、

「ひょっとすると、これは大変なことかも知れないぞ」

と、脅かすような言い方をした。今度は亀井の顔色が変わった。

「事件だとすると、誘拐ですか？」

「そうだよ」

「しかし、貧乏刑事の子供を誘拐したって、しょうがないでしょう」

「だから、事件だと言っているんだ。あと二日休暇があるね」

「そうです。申しわけありませんが、その間はこちらで、健一を捜そうと思っています」

「私もすぐ、そちらに行く。これは、間違いなく事件だと思うよ」

十津川が繰り返した。

佐世保警察署員が健一の写真を持って駅周辺を捜してくれていた。もちろん、亀井自身も市内を、捜し歩いたが、一向に、見つからない。夏休みが続いているので、佐世保市内も、子供の姿が多かった。

が、その中に健一の姿はない。

警察は少しずつ、捜索の範囲を広げていった。その途中で羽田から飛行機で、十津川が到着した。

十津川は、疲れ切った顔の亀井に会うなり、

「ここの署長に会いたいね」

と言った。署長に会うなり、十津川が言った。

「これは誘拐の匂いがします。そのつもりで協力お願いします」

と頭を下げた。

「しかし、どうして亀井刑事の息子さんが誘拐されたと、思うんですか？」

署長が、当然の質問をする。

「東京や神奈川などで、十代の少女ばかりを狙った殺人事件がありましてね。その容疑者として、政治家が逮捕されました」

「その事件なら知っていますよ。たしか、小西栄太郎でしたね」

「その事件で亀井刑事が活躍して、政治家のアリバイを、崩したんです。事件に絡んで、亀井刑事の息子さんが誘拐されたのではないかと、思っているんです」

「しかし、そんなことをしても、逮捕された小西栄太郎は、釈放されたりしないでしょう？」

「そうです。だから尚更気になるんですよ」

十津川が繰り返した。

4

夜になっても、健一は見つからなかった。その代わりのように、佐世保市内を走る夕

クシー会社の運転手が、佐世保警察署を訪ねて来た。受付で、小さなカメラを渡して、

「こちらに東京の刑事さんが来ているはずだから、このカメラを、渡すように頼まれました」

と言う。

受付の警官は、タクシーの運転手を待たせておいて、カメラを署内にいた十津川と亀井の二人に、見せた。途端に亀井の顔色が変わって、

「これは、息子の健一のカメラですよ」

と言い、カメラに保存されている何枚かの写真を画面に映し出した。それを見て、いっそう、亀井の顔が強張った。どの写真も、今日乗った「或る列車」の車内を撮ったものだからである。

「このカメラを、持って行くように言ったのは、どんな人でしたか?」

と、亀井が、タクシー運転手に聞いた。

「中年の男で痩せていました。年齢は四十代じゃないですかね。佐世保市内から博多(はかた)まで行ってくれと言うので、仲間の運転手に、それを頼んで、私はカメラを届けに来たんです。たぶん、もう博多駅に着いているはずです」

と、運転手が言う。

その客の似顔絵を、まず作ることになった。男にしては小柄で、大きなサングラスを

かけているので、顔つきは、はっきりしない。

「このカメラを私に届けるように言った。他に、何か言っていませんでしたか？」

「私にはカメラを届けてくれ、それから急いで博多に行きたいと言うので、今、言ったように同僚を呼んで後は任せました」

「そちらは、この時間には、博多駅に着いているはずだね？」

「そう思います」

「連絡取れないかね？」

亀井が聞く。

運転手が会社に連絡を取ってくれたので、夜半近くになって、同僚の運転手が警察署に来てくれた。佐世保市内から、ＪＲ博多駅まで問題の客を運んだという運転手である。

彼の証言によれば、客は佐世保市内から乗り込み、博多まで乗っていき、博多駅前で降ろすと駅の構内へ入っていったという。

「車内で、何かその客は喋（しゃべ）っていましたか？」

と、十津川が聞いた。

「いえ、博多駅まで、急いで行ってくれと言って、後はじっと、目を閉じていましたね。博多駅に着いた後は、きちんと、料金を払って今も言ったように、駅の構内へ消えていったんです」

その運転手にも、乗せた男の似顔絵を作るのに協力してもらった。似顔絵を作りながら、亀井が質問する。

「この客ですが、小柄な少年を、連れていませんでしたか？」

しかし、タクシーの運転手は、

「いえ、ずっと、お一人でしたよ」

「車内で、どこかに電話していませんでしたか？」

「いや、どこにも、電話はしていませんよ。今言ったように、博多駅まで急いでくれと言った後は、目を閉じて、一言も喋りませんでした」

と、言う。

どうやら、この男が健一を誘拐した犯人とは、思えなくなってきた。

「共犯者がいるんだよ。焦る必要はないよ。犯人は間違いなく、君に連絡してくるよ。当然、君の携帯番号を、健一君から聞き出しているはずだからね」

十津川が、断定した。亀井も同感だったが、それでもなお、健一が誘拐された理由が分からなかった。

翌朝になって、十津川の予想した通りに、犯人の動機が明らかになっていった。

八月三日、午前一〇時。疲れて、うとうとしていた亀井は、ポケットの中の携帯が鳴って、目をさました。

「亀井刑事だね？」

と、男の声が、言った。

とっさに、亀井は、相手を誘拐犯と決めつけて、

「すぐ健一を返せ！」

と、怒鳴った。その声で、同じ部屋で仮眠を取っていた十津川が、目をさました。

「たしかに、君の息子の健一は、我々が誘拐した。無事だから安心しろ」

男が、落ちついた声で、言った。

「要求は何だ？　金なんかないぞ」

「君に、金の無心などはしない。一つだけ、やってもらいたいことがある」

「早く言え」

「女の手紙だよ。新橋の料亭の女将、今田けいこが小西栄太郎宛てに書いた手紙だ。その手紙に書かれていることが、証拠となって、小西栄太郎は、殺人容疑で起訴されることになった。裁判が始まる前に君が、あの手紙を盗み出して、我々に渡すんだ。それと引き換えに、君の子供は、解放してやる」

と、男が、言った。

「そんなことは出来ない」

「それなら、二度と君の息子に会えないぞ。それでもいいんだな？」

と言って、男は、電話を切ってしまった。

「やっぱり警部の言われた通りでした。犯人は、例の事件と関係があるんです」

「まさか、問題の手紙をどうにかしろと、健一君と交換条件に、要求してきたんじゃないだろうな!?」

「犯人がそう言っているだけです。私にはそんなことは出来ません。個人的な事情で、殺人事件の容疑者を逃がすわけには、いきませんから」

と、亀井が言った。

「それについて、二人だけで、考えてみよう。犯人はまた電話してくる」

と、十津川が言った。

十津川が予想した通り、十五、六分してまた男が電話をかけて来た。

「明日になったら東京へ帰れ。君が東京に帰った頃を見計らってまた電話する」

と、男が言った。

「健一は無事なんだろうな?」

「もちろん無事だ。大事な人質だから、殺したりはしない。しかし、そっちの対応いかんでは殺すぞ」

と、犯人は脅かし、

「とにかく明日だ。東京に帰っていなかったら、その場合も君の息子を殺すぞ」

と、言って、電話を切ってしまった。

深夜になっていたが、佐世保警察署の刑事たちが集まって、捜索の報告があった。刑事たち、それにほかの署員を含めて健一の写真を持って、佐世保市内を動き回ったのだが、どうしても健一と思われる少年は、見つからなかったという報告である。

「しかし、分からないのですよ。いくら考えても、『或る列車』から健一は降りて来なかったんです」

と、亀井が言う。

「しかし、たった二両の列車だから、いつまでも子供が車内にとどまっていたら、見つかる。だから、健一君を列車から降ろして、犯人が連れ去ったんだ」

「駅の中の防犯カメラをいくら見ても、健一は、映っていないんです」

「いや、映っているはずだ」

十津川は、防犯カメラの映像を繰り返して見ることにした。佐世保警察署の刑事たちも、署長を含めて一緒に、その映像を見た。

何度見ても、健一と思われる少年は映っていない。

「健一君は、男の子としては、小柄だったな？」

と、十津川が、聞く。

「そうです。一年生の時から、ずっと教室では一番前でした」

「それなら犯人は大きなトランク、或いはリュックサックに入れて、佐世保駅から連れ出したんだよ」

と、十津川が言った。

「しかし、大きな荷物を置くスペースはないはずですが」

「乗る時は中をカラにして小さくし、降りる時に大きく出来るトランクやリュックもあるはずだ」

「たぶん、なんらかの方法で眠らせてから、トランクかリュックに健一君を、押し込んで、佐世保駅から運び出したんだよ」

と、十津川が、続けて言った。

そのつもりで、もう一度、防犯カメラの映像を見る。

たしかに、大きなトランクを引いている乗客もいれば、大きなリュックを背負っている乗客もいる。

しかし、似顔絵の男が、見つからない。

「いませんね」

と、佐世保署の刑事が言う。

「しかし、いるんだよ。そうでなければ、亀井刑事の息子がいなくなるはずはないんだ」

と、十津川が言った。

更に、もう一度、映像を見直す。

その途中で、十津川が、映像を停めて、

「たぶん、こいつだ」

と、サングラスをかけ、トランクを引っ張っている女を、指さした。

「女ですよ」

と、刑事の一人が言った。

「そうだよ。男の変装だ。タクシー運転手が言っていたじゃないか。男にしては小柄で、痩せていたと。たぶん、その男は、列車の中で女装していたんだ。女の方が子供は安心するからね。健一君も、別に警戒せずに、彼女の個室に入ったんだろう。『或る列車』の模型を見せられたのかも知れない。個室に連れ込んだ犯人は、薬で健一君を眠らせて、トランクに押し込んだ。たぶん、そのトランクは、もともとカラだったんだと思う」

「その後、男に戻ったわけですか？」

「そうだ」

「しかし、子供を押し込んだトランクは、見つかっていません」

「共犯者が佐世保駅に待っていて、トランクを受け取ったんだと思う。共犯者は車を持っていて、健一君の入ったトランクをその車に積んで、走り去ったんだろう。行き先は、たぶん東京だ」

「なぜ、東京に向かったと思われるんですか？」

と、亀井が聞く。

「犯人は、例の事件のために、君の息子さんを誘拐したんだ。だとすれば、舞台は、いやでも東京になる」

と、十津川が言った。

「健一は、無事だと思いますか？」

と、亀井。

「もちろん、無事だ」

と、十津川は強い口調になって、

「犯人は、あの事件の裁判で、有罪の証拠になる料亭の女将の手紙を消したいんだ。だから、それが成功するまで人質の健一君は、絶対に殺したりはしない」

5

翌朝、十津川と亀井は、いったん、犯人の指示に従って、東京に帰ることにした。福岡までパトカーで送ってもらい、福岡からは飛行機で羽田に向かった。

三上刑事部長に報告し、密かに捜査本部を作ってもらった。

誘拐事件の対策本部である。

犯人はふたたび、亀井の携帯に連絡してくると思われるので、携帯を持たせたまま、亀井を動かさないようにした。

そこで、十津川が、地検の責任者の河辺検事と話し合うことにした。

まず、十津川が、亀井の息子、十一歳の健一が誘拐され、犯人から脅迫電話があったことを話した。

「犯人の要求は、ただ一つ、問題の手紙を盗み出して渡せというものです、それが出来なければ、亀井刑事の十一歳の息子を殺すと」

「亀井刑事は、どうしています？」

と、河辺が聞く。

「表面上、犯人の要求は拒否すると言っています」

「十津川さんは、どう考えているんですか？」

「誘拐された健一君は十一歳で、小学五年生です」

「それで？」

「しっかりと見て、しっかり考えることが出来る年齢です。記憶力もあります。私たちが要求を受け入れても、顔を見られている健一君を、解放するとは思えません」

「それでは、犯人の要求は拒否すべきだと？」

「そうすると、人質が殺されます」

「しかし、どちらにしても、亀井刑事の息子さんは殺される危険性があると、そう考えておられるんでしょう？」

「そうですが、拒否した場合は、健一君の助かるチャンスはゼロです。要求を受け入れた時は、少しは、助かるチャンス、助ける時間は出来ます」

「それでは、十津川さんは、犯人の要求を呑めというわけですか？」

「そうです。そうすれば、わずかですが、健一君を助けるチャンスは生まれると思います」

「難しい話ですね」

と、河辺が言った。

「地検の答えは決まっています。犯人の脅迫には屈するなです」

「そうでしょうね」

「したがって、十津川さんが何と言おうと、こちらの返事は決まっています」

「分かりました」

「しかし、そちらが、どんな考えを持っていても、地検が関知するところではありません」

「そうですか」

「もちろん、その責任は、そちらに取ってもらいますが」

と、河辺が言った。

十津川は、捜査本部に戻ると、亀井に向かって、

「犯人の要求に、いったん承諾していい。地検は、われ関せずと言ってくれている」

「分かりました」

その直後に、亀井の携帯が鳴った。

6

男の声が、いきなり言った。

「時間だ。こちらの言う通りにするか？　答えろ」

「もう少し、待ってくれ」

「子供が死んでもいいんだな？」

「私は警視庁の刑事だ」

「だから？」

「犯人の要求に屈することは出来ない」

「それなら、君の息子を殺す。電話を切るぞ」

「待ってくれ！」

「どうするんだ？」

「あと一時間、待ってくれ。自分を納得させたいんだ。下手をすれば警察の名誉を傷つけたとして、馘首（かくしゅ）されるんだ。だから、一時間待ってくれ」

「駄目だ」

「四十分は？」

「駄目だ」

「三十分」

「今から十分。それ以上は駄目だ。いいか、今から十分だぞ。それまでに覚悟を決めておけ」

男は、電話を切った。

亀井は、十津川や同僚の刑事たちに向かって、

「簡単にオーケーしたのでは、犯人に疑われるので、迷っていることにしましたが、あと十分したら、どちらかにしなければなりません。犯人の要求に従うつもりですが、その後どうするかが問題です」

「地検は問題の手紙を、我々に渡してくれるんですか？」

と、日下刑事が十津川に聞いた。

「地検は、手紙を渡してくれる。が、その後の責任は取れないと言っている」

「コピーを作っておいて、手紙を犯人に渡したらどうですか？」

「それは危険だ。手紙が偽物か本物かは、当然、犯人も考えるよ。偽物だと分かった場合は、その瞬間、健一君は殺されてしまうだろう」

と、十津川が言った。

「問題は、手紙と亀井健一君との交換だと思います。それがうまくいけば、後は何とかなると思います」

と、北条早苗刑事が言った。

亀井は、時計を見た。時間は容赦なく経っていく。

亀井は、あせり気味に、みんなに向かって言った。

「間もなく、犯人が電話をしてきます。今度引き延ばしたら間違いなく、犯人が疑いを持ちます。だから、オーケーします」

と、亀井が言った時、彼の携帯が鳴った。

第二章　男と女の動き

1

十津川は、亀井にかかってきた電話の相手を犯人だと考えて、そこにいる人たちに、

「カメさん一人にしておこう」

と、言い、その場を引き揚げることにした。

十津川は、わざと、ゆっくり時間を潰してから、部屋に戻った。

そこに亀井刑事の姿はなかった。

2

亀井刑事の姿が見えないことに、若手の刑事たちが、騒ぎ始めたが、十津川は、別に

慌てなかった。それは、最初から予期していたことだったからである。

亀井は真面目な男だから、十津川たちがそばにいては、本音を出すようなことはしないだろう。そう思って、十津川は、わざと席を外したのである。

したがって、亀井が部屋に残っていても、姿を消していても、どちらでもよかったのだ。とにかく十津川は、亀井に本音で行動してほしかったのである。

それでも、十津川は、刑事たちに向かって、

「慌てずに亀井刑事を探せ」

と、命令した。

十津川自身は、念のために亀井刑事の携帯に電話してみた。

呼び出している。

十回、二十回と呼び出し音を鳴らし続けたが、亀井刑事が、携帯に出る気配はなかった。

次に十津川が電話をかけたのは、東京に住む亀井刑事の家族だった。

自宅のマンションにかけてみる。普通なら、亀井刑事の妻が出るはずだが、こちらも一向に出る様子がない。

どうやら、亀井刑事は、妻に電話をかけ、娘とともに東京の住居から、どこかに、姿を隠すようにと伝えたのかも知れない。

翌日になると、今度は、警視庁の三上刑事部長宛てに、亀井刑事の名前で、封書が届けられた。

封筒の中に入っていたのは、亀井直筆の退職願だった。

「私事、今般、一身上の都合により、警視庁刑事の職を辞したいと思います」

十津川は、それを知らされて、亀井が覚悟を決めたと思った。亀井は、誘拐された息子の健一の命を助けるために、問題の手紙を盗み出し、犯人に渡すつもりに、なっているのだ。

しかし、警視庁の現職刑事では、それが許されない。そのため、まず退職願を書いて、三上刑事部長に送ってきたのだろう。また、妻と娘に危険が及ばないようにと考えて、二人に、東京から、離れているように伝えたに違いない。

十津川の、この推理が当たっていれば、今頃、亀井刑事の妻と娘は、おそらく妻の実家に帰っているはずである。

そんな亀井刑事の気持ちが、十津川には、痛いほど分かるのだが、退職願を出したことで、上司の三上刑事部長の態度が、硬化してしまった。

三上刑事部長が、十津川に向かって、言った。

「私は、亀井刑事の子供を助けるためならば、犯人が要求している問題の手紙を、彼に渡してやってもいいとさえ思っていたんだ。ところが、こちらの親心も知らずに、亀井刑事は、あろうことか勝手に退職願を送りつけてきた。こんなことをされては、私の気持ちが踏みにじられたのと同じことだ。だから、絶対に亀井刑事には、問題の手紙を渡すな。いいか、絶対にだぞ」

三上の声には、明らかに、怒りが籠っていた。

問題の殺人事件の裁判は、一週間後に開廷される。

「問題の手紙は、今、どこに置いてあるのですか？」

と、十津川が、聞いた。

「そんなことを聞いて、いったいどうするんだ？　まさか、その手紙を手に入れて、亀井刑事に渡すつもりじゃないだろうな？」

と、三上が、言った。

「そんなことは考えておりません。私は、警視庁の刑事ですから、証拠品の手紙は守る義務があります。そのため、今どこにあるのか、それを、知っておきたいと思っているだけです」

「今回の裁判で、検察側の担当は緒方（おがた）検事だ。現在、全ての証拠品は緒方検事のところに渡っていて、緒方検事が、それを一つ一つ、実際に、目を通して検証しているはずだ。

問題の手紙も、緒方検事のところにある」

と、三上が、言った。

緒方検事なら、十津川も何回か会ったことがある。十津川が捜査を受け持った殺人事件の公判を、たしか三回、緒方検事が担当したはずだった。

今回は元大臣の裁判ということで、緒方検事の下には、二人の若い刑事がついていて、緒方検事の手足になって働いているはずである。

「亀井刑事が送ってきた退職願は、どうされるつもりですか？」

十津川が、三上に、聞いた。

「今のところ、しばらくは、私の手元に置いておくつもりだ。しかし、もし、亀井刑事が、問題の手紙を盗んだか、あるいは、盗もうとしたことが判明したら、ただの退職では済まなくなる。彼を逮捕するつもりだ」

三上刑事部長は、強い口調で、言った。

どうやら、三上は本気で、亀井刑事のことを怒っているらしい。

「とにかく速やかに、亀井刑事を見つけ出して、私のところに連れてこい」

と、三上が、言った。

この命令は、ある意味、十津川には幸いした。問題の事件の捜査は終わってしまっているが、失踪した亀井刑事を見つけ出すために、一応、十津川の下に六人の刑事が捜索のために与えられたからである。

3

十津川は、日下と津村の二人の若手刑事を、亀井刑事の住むマンションへ確認のために行かせることにした。

その二人が、

「自宅マンションには、誰もいません。亀井刑事はもとより、奥さんも娘さんもいなくなっています。マンションの管理人に会って話を聞いたところ、亀井刑事の奥さんが管理人のところにやって来て、事情があって、しばらく、実家に帰ってきますと、そう言ったそうです。そのあと、娘さんを連れて、マンションを出ていったそうです」

と、言う。

「実家に帰っていると、奥さんは、たしかにそう言ったんだな？」

と、十津川が、聞いた。

「そうです」

と、日下が、言った。

「亀井刑事の奥さんの実家というのは、どこなんですか？」

と、津村刑事が、聞いた。

「前に、カメさんに聞いたことがあるんだが、カメさんの実家は、青森で、奥さんの方は、たしか、山形のはずだ」

と、十津川は、言ってから、念のために自分の手帳を調べて、

「ああ、やっぱりそうだ。山形市内だ」

亀井刑事の妻の実家の山形の住所を、二人の刑事に伝えてから、

「君たち二人は、そこからまっすぐ、山形に向かってくれ。本当に亀井刑事の奥さんが、山形の実家に帰っているのかどうかを確認したいんだ」

と、言った。


緒方検事は、霞が関の、東京地方検察庁にいた。彼は、一週間後に迫った公判に備えて、ここで、法廷に提出する証拠書類を、再確認していた。

検察側が最も大事にしているのは、もちろん小西栄太郎宛てに、彼の愛人である今田けいこが、出した手紙である。これがパソコンで打たれたものであったのなら、それほど価値の高い証拠にはならなかったのだが、幸い、小西栄太郎の好きな毛筆で、書かれている。

これが、今田けいこの自筆であることを、証明するために、彼女が、筆で書いた書類

数点を取り寄せていた。それを、丁寧に机に並べて、筆跡を比べてみる。筆で書かれているため、今田けいこの筆跡の癖が、よく出ている。

もちろん、すでに、科捜研に筆跡の鑑定をしてもらっていて、同一人の筆跡と認められるという鑑定結果を、得ていた。

今回の事件で検察側が提出する書類や捜査の状況などについては、警察の捜査日誌に記入されているので、それをもう一度、最初から、読み直した。

沖縄、神奈川、そして、東京と、三、四か月ごとに少女殺人事件が起きた。緒方は、この三件が同一犯人による殺人であることを、法廷で証明しなければならない。

他にも再確認しておきたいことは山ほどあった。今日は、東京地検で、徹夜になるかも知れない。

緒方検事は、同じ部屋にいる吉田刑事と秋山刑事に向かって、

「コーヒーを、淹れてくれないか」

と、頼んだ。

吉田と秋山の若い二人の刑事は、緒方の手足となって、証拠物件の確認のために動いてくれたり、足りない証拠物件を、探してくれたりもしていた。更に緒方のボディガード役も兼ねている。

吉田刑事が、棚からインスタントコーヒーを取り出して、コーヒーカップを三つ並べ

ている時、突然、大音響と共に窓ガラスが割れ、カーテンがめくれ上がった。

何か黒いものが、勢いよく部屋に飛び込んできた。飛び込んできたのは、何やら黒っぽい物体で、ブルブルと小刻みに体を震わせている。

よく見るとドローンだった。

「緒方検事、下がって下さい」

と、吉田が、言った。

「もしかすると、爆発物が、搭載されているかも知れません」

と、秋山が、青ざめた顔で、言う。

「いや、大丈夫だ。爆弾は、ついていない。もし、そんな物騒なものがついていれば、窓ガラスを割った時に、すでに、爆発しているはずだよ」

緒方が、落ちついて言う。

吉田刑事が、割れた窓ガラスの隙間から外に目をやった。

窓の外には、日比谷(ひびや)公園が、広がっている。暗い夜の闇の中に、何かが潜んでいるのではないか？

ドローンの犯人が、緒方のいる部屋を狙って飛ばしたのであれば、その犯人が、暗い日比谷公園のどこかに、まだ、潜んでいる可能性があった。

吉田刑事は、めくれ上がったカーテンを閉め直した。

「緒方検事、これから、どうされますか？　私は、どこかに移動した方がいいと思いますが」

と、吉田刑事が、言った。

緒方検事は、落ちついた声で、

「そうだな」

と、うなずいてから、

「今は無事だったが、ここにいたら、次は、爆弾を放り込まれるかも知れないね」

「犯人は、緒方検事と一緒に、証拠物件を、焼いてしまおうと企んでいるのかも知れません」

と、吉田が、言うと、

「この東京地検で、火事を起こしたりしては、申しわけがない。千駄ヶ谷の自宅マンションに帰ることにするか」

と、言ったが、そのあと緒方検事は、ちょっと、考えて、

「いや、沖縄の長嶺検事が、今夜、来ることになっていたな。危険かも知れないから、場所を変えよう。おそらく犯人は、私が、自宅マンションに帰ると思っているだろう。そこで、こうしよう。君たちのうちのどちらか一人が、私に化けて、千駄ヶ谷のマンションに、行ってくれないか」

と、提案した。

二人の刑事のうち、秋山刑事の方が、背格好が、緒方検事によく似ていた。

「今日は日差しが強かったので、帽子をかぶってきた。それで犯人の目をごまかせるかも知れない。秋山刑事が、私に代わってタクシーを呼び、私のマンションに、行ってみてくれ」

緒方検事は、秋山に、マンションの鍵を渡した。

4

秋山刑事が緒方検事の帽子をかぶってから、日頃利用しているタクシー会社に電話をかけ、東京地検の入り口に迎えに来てくれるようにと、頼んだ。

緒方は、自分のカバンに週刊誌と新聞を入れて、ふくらませてから、秋山刑事に、

「これを持って、私のマンションに、行ってくれ。さも大事そうに抱えて持っていれば、このカバンの中に、問題の手紙も入っていると思うだろう。犯人が、その手紙を奪おうとする可能性がある。だから、気をつけて行ってくれ」

と、言って、送り出した。

その後、緒方検事は、都内のＫホテルに、電話を入れて予約した。Ｋホテルの本館の

方、二一〇五号室、ツインルームである。

チェックインし、部屋に入ると、緒方検事は、すぐルームサービスを頼み、コーヒーとケーキを持ってきてくれるように頼んだ。

その後、緒方検事は、警視庁に、電話をし、十津川警部に、今夜起きたこと、東京地検で仕事をしている時に、窓ガラスを破って、ドローンが飛び込んできたこと、そこで、千駄ヶ谷の自宅マンションに、帰ったと見せかけて、現在、都内のKホテルの二一〇五号室、ツインルームに、吉田刑事と移ってきていて、今日は、たぶん徹夜で、来週の公判の準備をしていることを知らせた。

緒方検事から電話があった時、十津川は、ちょうど、山形から帰ってきた二人の若い刑事から、話を聞いていた。

「亀井刑事の奥さんの実家に行ってきました。娘さんはいましたが、奥さんの姿はありませんでした。どうやら、奥さんは、山形の実家に、娘さんを預けた後、自分自身は、別の行動を、取っている気がします。おそらく、亀井刑事を助けるために東京に行ったのではないでしょうか？」

と、日下刑事が、言った。

十津川が、

「私も同感だ」

と、言った時、緒方検事からの電話が入ったのである。

「すぐ東京地検の周辺を調べます」

と、十津川は、答えてから、

「千駄ヶ谷も、これから刑事を派遣して調べます」

と、言った。

「ただ、私が、千駄ヶ谷の自宅マンションに帰ったと思わせるため、秋山刑事に身がわりになってもらっている。実は私は、吉田刑事と一緒に、Kホテルの二一〇五室にいるので、その点も含んでいただきたい」

と、緒方検事が、言った。

緒方検事をドローンで襲ったのは、亀井だったのだろうか、それとも誘拐犯たちが亀井だけに頼らず、自分たちの手で手紙を回収しようとしているのか、十津川には、判断がつかなかった。

十津川は、すぐ、自分を含めた部下の刑事たちを三つの班に分け、ただちに、出発させた。

津村と日下の二人の刑事は、すぐ千駄ヶ谷にある緒方検事の自宅マンションに、三田村と北条早苗刑事の二人はKホテルに急行し、十津川と田中刑事、片山刑事の三人は、霞が関の東京地検に向かうことにした。

その時、日下刑事が、質問した。

「このいずれかの場所に、亀井刑事が、現れるかも知れません。その時には、どうしたらいいのでしょうか?」

と、聞く。

十津川は、

「決まっている。身柄を確保するんだ」

と、言ってから、すぐ、

「現在、深夜に近い。この暗さの中で間違えたら、それこそ、警視庁の恥になる。だから、相手をしっかり確認してから、身柄を確保するように」

と、付け加えた。

二組がまず出発した。十津川を含めた三人は、少し遅れて、東京地検に向かった。

警視庁からは歩いても二、三分の距離である。十津川は、その短い距離を万が一に備えて、パトカーを飛ばした。

東京地検の前には、当直の若い検事が玄関先に出ていて、十津川たちを出迎えた。そのまま三階の部屋まで、案内する。

「ドローンが飛び込んできたところは、そのままにしてあります」

と、若い検事が、言う。

十津川と二人の刑事は、窓ガラスの破片と羽根の折れたドローンを、見比べた。

十津川は、すぐ鑑識を呼んだ。

これは遊びではないのだ。依然として、犯人の中に、亀井刑事がいる公算が大きい。その問題とも正面から、立ち向かわなくてはならないと、十津川は覚悟していた。

目の前に壊れたドローンがあり、そのどこかに、亀井刑事の指紋が一つでも付いていたら、その時はどうしたらいいのか？

十津川は、まだそこまでは、考えていない。

十津川は、片山、田中の二人に、

「この壊れたドローンが、いったいどこで売られていたものなのか、そして、このドローンを買った人間がいたら、その人間の身元確認を、大至急やってくれ」

「もし、亀井刑事が、このドローンを買っていたら、どうするんですか？」

と、田中刑事が、聞いた。

「その場合も、私に正確に、報告してもらいたい」

と、十津川が、言った。

5

十津川は、二人の刑事に、その場を任せてから、千駄ヶ谷にある緒方検事の自宅マンションに、向かった。

少しずつ時間が、経過していく。まもなく夜が明けるだろう。

千駄ヶ谷のマンションに着いた。

三階まで上がっていくと、三〇二号室の前で、津村と日下刑事、そして秋山刑事が待っていた。秋山は、十津川の顔を見るなり、こう言った。

「うまく芝居をしたつもりだったのですが、犯人らしき者は、現れません。芝居を見抜かれてしまったのかも知れません」

「本当に、誰も、現れなかったのですか？」

と、十津川が、聞いた。

「自分では、うまく芝居をしたつもりだったのですが、やはり相手には、バレていたようです。誰も訪ねてきませんし、電話も、かかってきません」

と、秋山刑事が、言う。

十津川は、秋山刑事の話を聞いているうちに、次第に不安になってきた。まだ緒方検事が襲われたという知らせは入ってこないが、こちらの作戦は、すでに見通されてしまっているのではないのか？

もし、そうだとすれば、もう一組の行動の方が心配になってくる。

十津川は、秋山刑事に、緒方検事と吉田刑事の二人の所在を確認し、

「すぐに連絡してみて下さい」

と、言った。

秋山は、慌てて携帯で連絡している。

「繋がりません」

と、秋山が、言う。

「すぐKホテルに行こう」

と、十津川が、言った。

十津川たちは、都内の四谷にあるKホテルに急行した。

Kホテルの玄関には、ひっきりなしに車が入ってくる。それでも普段と変わったようなところは見えなかったが、エレベーターで二十一階に上がると、そのフロアだけが、どこか異様な緊張感に、包まれていた。

エレベーター乗り場から、廊下がまっすぐ延びている。その廊下の二一〇五室の前で、救急隊員と緒方検事が何か話しているのが見えた。そばには、三田村刑事と北条刑事の姿もある。二人がホテルに着いた時には、すでに、事件が起こったあとだったという。

十津川が、緒方検事に駆け寄り、

「大丈夫ですか？」

と、声をかけた。

緒方は、十津川の顔を見ると、ホッとした表情になって、

「吉田刑事が負傷して、今、病院に運ばれていきましたが、大丈夫です。命に別状はありません」

と、答える。

十津川が、さらに、見据えると、廊下の奥の非常口の扉が開いていた。

「何があったんですか？」

「この部屋に、吉田刑事と二人でいたのですが、今回の公判で沖縄の長嶺検事とも、昨夜、東京地検で、初顔合わせをすることになっていたのです。しかし、ドローンの件で急遽（きゅうきょ）、予定を変更して、こちらのホテルに、来てもらうことにしました。ドアがノックされたので、当然、沖縄の長嶺検事だとばかり思ってしまって、疑うことなく、吉田刑事がドアを開けた途端に、いきなり目出し帽をかぶった男が飛び込んできて、刑事を鉄の棒で殴ってきたのです。吉田刑事が床に倒れて、動けない様子だったので、私は吉田刑事が持っていた拳銃を取り出して、咄嗟（とっさ）に相手に向けました。それで驚いた犯人は、非常口の方に、逃げていきました。追いかけていこうとしましたが、頭から血を流して倒れている吉田刑事のことが心配で、すぐに、救急車を呼びました」

「それで、犯人の顔は見えましたか？」

「それが、目出し帽を、かぶっていたので、顔は、分かりませんでした。凶器の鉄棒を落としていきましたが、犯人は、手袋をはめていたので、おそらく指紋は、取れないだろうと思いますね」

と、緒方検事が、言った。

そのうちに、本物の沖縄の長嶺検事も、到着した。

十津川は、鑑識を呼んで、念のために二一〇五号室の入り口周辺を、写真に撮り、指紋を採取してもらったが、緒方検事が心配していたように、犯人のものと思われる指紋は、一つも、検出されなかった。

6

犯人に鉄の棒で殴打され、救急車で病院に運ばれた吉田刑事は、命には別状がなかったが、十日間の入院、加療が必要との診断結果が出て、同じ年齢の後藤(ごとう)刑事が、緒方検事を補佐することになった。

十津川は、三上刑事部長が急遽、捜査会議を開いたので、それに出席して今回の事件についての自分の考えを、披瀝(ひれき)した。

「Kホテルで公判担当の緒方検事と補佐役の吉田刑事を襲撃した犯人の件ですが、凶器の鉄棒を押収しました。しかし、指紋は検出されませんでしたし、目出し帽をかぶっていたので、顔も分かりません」

「その犯人が、亀井刑事だという可能性もあるのか？」

と、三上が、聞いた。

「亀井刑事だという可能性は、ありますが、今のところ、証拠は何も見つかっておりません」

「亀井刑事の行方は、まだ、分かっていないのか？」

「分かりません」

「亀井刑事の奥さんの方はどうだ？　やっぱり行方が分からないのか？」

「それも分かりません」

「亀井刑事から何の連絡も入っていないのか？」

「何もありません。おそらく亀井刑事の長男を、誘拐した犯人が、亀井刑事に対して、我々警察と連絡を取ったり、自分の居どころを教えたりすることを禁じているのだと思います」

「犯人は、亀井刑事に対して、今回の裁判で、有罪の証拠になると思われる今田けいこの手紙を、奪い取るように命じている。これは間違いないと、考えていいんだな？」

と、三上が、聞いた。

「ほかに犯人が亀井刑事に要求するものは、ないと思っています」

「それで、亀井刑事は、犯人の言う通りに行動すると、思うかね？」

「それも分かりません」

検事をドローンで襲ったり、自分と同じ刑事を、鉄棒で殴りつけ、重傷を負わせるなど、亀井刑事がするとは、十津川には考えられなかった。とすると、側面から援護しようとした犯人たちの行為なのかも知れないと、十津川は、思いたかった。

7

翌日、十津川は、三上刑事部長に呼ばれた。いきなり、

「今朝の新聞を見たか？」

と、聞かれた。

「今朝は、まだ見ておりませんが」

「Kホテルで、現職の刑事を殴った犯人の写真が、載っている」

そう言って、三上が、今朝の新聞を、突きつけた。

Kホテルの裏口の防犯カメラに、映っていたという、犯人の写真である。

「新聞に載っている記事を読むと、Kホテルの非常口から、逃げてきた犯人が、ホテル

の裏口の防犯カメラに映っている写真だ。目出し帽は、脱いでいるが、ご覧のように大きめのサングラスをかけ、帽子を目深にかぶっているので、顔はよく分からない。ただ、新聞によると、身長百七十センチ、体重六十五、六キロと、書いてある。どうだ、その写真は、亀井刑事か？　それとも、別人か？」

「これだけでは、私には、判断出来ません。ただ、亀井刑事も、身長は百七十センチぐらいで、やや、痩せ型ですから、写真の男と体型は、合っています」

「もちろん、私としては、写真の男が亀井刑事であってほしくはないと、思っている。それで、君に、頼むのだが、何とかして、この写真の男が亀井刑事ではないという、証拠をつかんでくれ」

と、三上が、言った。

十津川は、捜査本部に、新聞を持ち帰ると、刑事たちを招集し、写真の男が亀井刑事かどうかを、議論させた。

どの刑事も、写真の男が、亀井刑事であってほしくないから、この写真だけでは、男が、亀井刑事かどうかは、判断出来ないと、言った。

そんな空気の中で、女性刑事の北条早苗は、

「写真の男が左手にはめている腕時計が何となく気になります」

と、言った。

「君もそう思うか？」

と、十津川が、言った。

「やはり、警部も気になりますか？」

「これは、たしか、国産の電波時計で、ソーラーのものだ。したがって、普通の腕時計よりも、大きめに作られている。そのことが、気になっているんだ」

と、十津川が、言った。

たしか、亀井刑事は一年ほど前、少し大きめの腕時計を買い、ソーラーの電波時計なので、電池を入れる必要がないし、時刻を合わせる必要もないから便利だと喜んでいたのを、十津川は、よく覚えていた。

十津川は密かに、男の左手首の部分だけを、拡大してもらっていた。

その結果分かったのは、やはり、あの時計だということだった。

しかし、十津川は、そのことを、誰にも言わず、北条早苗にも、

「これだけで犯人が、亀井刑事だと判断されるわけじゃないから、このことについては、しばらく黙っていてくれ」

と、言った。

8

ほかにも、十津川が、困るようなニュースが引き続いて起きた。

その一つは、拘置所に、収容されていた小西栄太郎が、突然、心臓発作を起こして、飯田橋の警察病院に移されたという一件だった。そのために、裁判が一週間延期されることになったのだが、それに絡んで、十津川の耳に入ってきたことがあった。

問題の手紙の主、料亭の女将、今田けいこが、店を臨時休業にして、行方をくらましてしまったのだ。

十津川は全力で、彼女の行方を追った。何しろ、彼女が書いた、小西栄太郎宛ての手紙が唯一の、決め手であり、今も二人の間には、愛人関係があると、見られていたからである。

小西栄太郎が、心臓発作を起こして、拘置所から警察病院に、身柄を移された、まさに、その日に、今田けいこは店を閉めて行方をくらましていた。

うがった見方をすれば、彼女が動いたのは、小西栄太郎が、警察病院に移ったからに違いないのだ。

そこで、飯田橋の警察病院の周辺をくまなく、探してみると、やっと、今田けいこが見つかった。

警察病院の隣に、最近出来たビジネスホテルがあった。そのホテルの、警察病院に近い部屋を、彼女が、一週間借りていたのである。

「話を聞きに行こう」

と、十津川は、北条早苗刑事を連れて、飯田橋の、ビジネスホテルに行き、今田けいこに会った。

十津川は、今田けいこが、一週間借りたという部屋で、話を聞きたいと言ったが、彼女の方は、一階のロビーでしか、話をしないと主張した。

五階の部屋を借りて、何か、企んでいるのだろうとは、思ったが、今はまだ、事件の容疑者というわけではないので、十津川は、北条早苗と一緒に、一階のロビーで、けいこから話を聞くことにした。

彼女に会うなり、十津川が、聞いた。

「お店の方が臨時休業になっていたので、探したんですよ。どうして、お店を休んで、このビジネスホテルに、泊まっているんですか？」

「いろいろあって、疲れたんです。それで、どこかのホテルで、しばらく休養しようと思ったんですが、適当なホテルがなくて、ここを、やっと見つけたので、チェックインしました。深い意味はないんです。ただ疲れただけですから」

と、けいこが、言う。

「小西さんが体調を崩されて、警察病院に、入院した。もちろん、そのことはご存じですね？」

「いえ、全く、知りません」

「しかし、このホテルの隣が、飯田橋の警察病院で、小西さんは、そこに、入院しているんですよ。あなたが、そのことを、知らないはずはないんですがね。正直に言ってくれませんか？　それがあって、このビジネスホテルに、泊まっているんじゃありませんか？」

　十津川は、しつこく聞いた。

「いえ、そんなことはありません」

「しかし、小西さんは、まだ、あなたのことを、自分の愛人だと言っているそうですよ、あなたの方は、どうなんですか？　違うんですか？」

　と、北条早苗も、聞いた。

「たしかに、そんなこともあったかも知れませんが、今は、違います。昔のことは、もう忘れました」

「しかし、一週間延びた公判が開かれれば、あなたは、必ず、証人として裁判に呼ばれることになりますよ。その時、小西さんについて、どんなふうに、話すつもりですか?」

今田けいこは、しきりに小西栄太郎との関係は、もう終わったとか、もう関心がないと繰り返したが、十津川が気になったのは、弁明の言葉ではなくて、話し合いの途中に頻繁に、今田けいこの携帯に、外から電話がかかってくることだった。

そのたびに、けいこはロビーを出て、話をしては、戻ってくる。

十津川は、皮肉を込めて、

「人気者なんですね。よく、電話がかかってきますね」

と、言った。その言葉をどう受け取ったのか、

「ほとんどが、たいした用事ではない電話なんですよ」

と、けいこが、言った。

「用のない電話が、そんなに、かかってくるんですか?」

「急にお店を、閉めたので、それを、心配して、どうなったのか聞いてくるお客さんもいらっしゃいます。そのたびに、少し休みたいのでと、答えているんですけど、なかなか信じて頂けなくて」

と、言う。

十津川は、同行した、北条刑事に、しばらくこのビジネスホテルにとどまって、今田けいこのことを、監視するようにと命じておいてから、彼自身は、隣にある飯田橋の警

察病院に回ってみた。

　警察手帳を示してから、病院の副院長に会い、話を聞いた。

「今、小西栄太郎が、こちらの病院に、入院していますよね？　病室が、どこか分かりますか？」

　と、十津川が、聞いた。

「五階の五〇一号室です」

「この病院の隣に、最近出来たビジネスホテルが、ありますね。小西栄太郎が収容されている五〇一号室の窓から隣のビジネスホテルが、見えるんじゃありませんか？」

　と、十津川が、聞くと、副院長は、笑って、

「いえ、見えませんよ。病室の窓は、あのホテル側にはありませんから」

「それは間違いありませんね？」

「ええ、間違いありません」

　と、言ってから、副院長は眉を寄せて、

「ただ、五〇一号室の窓から隣のビジネスホテルは見えませんが、五〇一号室のある廊下のトイレに入ると、その窓から向こうのホテルを、見ることが出来ます。ただ、患者はたいてい廊下のトイレではなく、自分の部屋にあるトイレを使いますから」

　と、言った。

「そうですか」

と、一応うなずいたが、十津川は、少しばかり心配になってきた。そこまで知って、今田けいこが、隣のビジネスホテルを、それも五階を、一週間借りたのではないかと思ったからである。

十津川は、迷っていた。

亀井刑事の行方は、依然として摑めないし、亀井の奥さんの消息も、摑めていない。

ただ、小西栄太郎が、警察病院に入院してしまったので、公判が一週間延期になった。

そのおかげで、事件そのものの、動きが止まってしまったように見えていた。

十津川が不思議に思うのは、その空気だった。何しろ、公判で、有罪・無罪が決まろうとしている男は、保守党の元大物政治家である。彼が創った派閥は、今も残っていて、多くの議員が所属している。そのうちの何人かは、現在、片山内閣の重要閣僚に就いている。それなのに、政界の反響は、ほとんど感じられなかったし、新聞やテレビなどマスコミの動きもほとんどないのである。

そこが、どうにも、十津川には不思議だった。

そこで、十津川は、中央新聞の社会部にいる友人の田島記者に会いにいった。

夕食をともにしながら、十津川が、自分の疑問を、そのままぶつけてみると、田島は、うなずいて、

「今回の事件は、俺だって不思議で仕方がないんだ。小西栄太郎の有罪が決まれば、現在の与党、特に小西派に所属している政治家たちに、大きな影響が出る。普通なら、今からその影響を、何とか抑えようとして、派閥の幹部たちが、動くはずなんだ。ところが、その動きもない」

「今度の裁判だが、小西栄太郎の有罪は動かないと見られている。それで、政界に何の動きもないんじゃないのか？」

「たしかに、そんなふうに、考える者もいる。それならば、小西栄太郎が逮捕された時に、彼と関係のある政治家たちは、その被害を、最小限に抑えようとして動くはずなんだ。しかし、今になっても何の動きもないんだ」

「理由は？」

「分からない。ただ、これは、俺だけの想像なんだがね、もしかすると、今の小西栄太郎の裁判なんかよりも、もっと大きな傷を、与党の政治家に、与えてしまうような、そんな大きな事件が見えないところで、起きているんじゃないか。普通なら、隠された事件の方が、顔を見せるんだが、小西栄太郎の犯罪が、いかにも今日的で、猟奇的で、マスコミが飛びつきやすい事件だったために、大きな事件が、隠れてしまっている。そんなことがあるんじゃないだろうか？　だから、もっと大きな事件の当事者たちは、小西栄太郎の事件の方に、マスコミの関心がいってしまっていることに、ホッとしているんじゃないのか。そんな気がして仕方がないんだよ」

と、田島が、言った。

「もっと大きな事件って、例えば、どんな事件なんだ？」

と、十津川が、聞いた。

「それは、俺にも分からない。だから、困っている」

と、田島が、繰り返した。

第三章　特急いさぶろうと特急はやとの風

1

亀井の携帯が鳴った。耳に当てる。男の声が言った。聞き覚えのある声である。

「亀井さんか？」

「そうだ」

「あんたはついてるよ」

「何が？」

「こちらの要求に対して、あんたは、見事に失敗した。我々が側面から援護してやったのに、あんたはほとんど動かなかった。本来なら、あんたの息子はもう、死んでいるところだ」

「殺したんじゃないだろうな？」

「いや、まだ生きてる。とにかく一週間、公判が、延びたから、あんたはついていると言ってるんだ」

「それを信用しよう」

「今、どこにいる？」

「東京だ」

「それならすぐ、熊本へ行け」

「どうして熊本に？」

「あんたの息子は、熊本にいるからだよ」

「無事なんだろうな？」

「もちろん、無事だ」

「今度は無事なところを見せてもらうよ。もし見せてくれなければ、俺はあんたの要求には従わない。その代わり、徹底的に追い回してあんたを捕まえてやる」

「そう、いきがるな。とにかく今日中に熊本へ行け。今のところ、それだけだ。それと、あんたの上司の名前と携帯番号を教えろ」

「それを聞いて、どうするつもりだ」

「上司だったら、部下やその家族のことを心配して、協力してくれるかも知れんからな」

「分かったよ。上司は十津川警部といい、番号は090―〇〇〇〇―××××だ」

それを聞くと、男は電話を切ってしまった。

2

十津川は、迷っていた。何とかして亀井刑事を助けたいのだが、連絡がつかないのだ。何回も亀井の携帯にかけている。が、繋がらない。たぶん、犯人が亀井の携帯を取り上げ、別の携帯を渡しているのだろう。

一つだけ、十津川にとって幸運だったのは問題の裁判が、被告人の入院によって一週間延びたことだった。

犯人も亀井の息子、健一を殺すようなことはしないだろう。もう一度、亀井に例の手紙を持って来いと命令するはずだ。

十津川にとっての不安は、亀井と連絡が取れないことだった。亀井がどこにいて、犯人がどんな指示を与えているのかが分からないのだ。分かっていれば、なんとか、助けられるかも知れないのに、である。

犯人からの連絡も、亀井刑事からの連絡もないままに、六日が経ってしまった。

午前八時、十津川の携帯が、鳴った。ひょっとして、亀井刑事ではないかと思ったが、違う男の声だった。

「十津川さんか？」

と男が聞いた。

「そうだ」

「こちらの要求に対して、亀井刑事は失敗した。あんなに下手くそだとは思わなかった。あんたの名前と携帯番号は、亀井刑事に聞いたよ」

「君が、亀井刑事の息子を誘拐したのか？」

「そうだよ。しかし、亀井刑事があの体たらくでは私の要求は叶えられそうもない。そこで、亀井刑事の上司のあんたに、要求することにした。いいか、よく聞け。今から一二時までの間に、緒方検事の所から、今田けいこの手紙を盗み出すんだ。もし、あんたが断ったりしたら、容赦なく亀井刑事の息子を殺す。分かったか？」

「その件については、了解したが、亀井刑事の息子は無事なんだろうな？」

「もちろん無事だ」

「それをどうやって確認出来るんだ」

「亀井刑事から、息子の安全を確認したら、そちらに電話をかけさせる。時間はないぞ。今も言ったように、今から正午（一二時）までに今田けいこの問題の手紙を盗み出してこなければ、我々は、亀井刑事の息子を殺す。今から約五時間だ。一二時にもう一度電話する。それまでの間に手紙を検事の所から盗み出せ。あんたが失敗したら、亀井刑事の息子は死ぬ。頑張れよ」

と言い、男は電話を切ってしまった。

十津川はすぐ、犯人がどこからかけてきたかを知ろうとした。調べたところ案の定、東京都内にわずかに残っている、公衆電話からかけてきたものと分かり、そこで犯人との繋がりは、切れてしまった。若い刑事が、その公衆電話に急行した時には、すでに犯人の姿はなかったからである。

十津川は、すぐ刑事たちを集めて、犯人からの電話を録音したボイスレコーダーを聞かせた。

「犯人は、亀井刑事に、要求するのではなく、今度は、こちらに要求してきた。おそらく、亀井刑事では、問題の手紙を、奪い取ることが不可能だろうと考えての、私への電話だったと思う。犯人は、八時ちょうどに私に電話してきて、今から一二時までの間に、今田けいこの手紙を緒方検事から奪い取っておけと、命令してきた。これから緒方検事と話し合いをしようと思うが、犯人が何故、こんなに時間にうるさいのか、想像がつくか？」

十津川は刑事たちの顔を見渡した。

「午前八時に電話してきて、今から一二時までに手紙を奪えと、時間を切ってきたんですか？」

「そうだよ。聞いていて、妙な時間の区切り方をするなと思ったんだ。普通は今から正午までとか、今から十二時間以内にとか、そんな時間の区切り方をするだろう。それなのに、犯人は、今から一二時までの間に手紙を奪い取れと言ってきた。一二時に電話して確認するとも言ってきた」

「もし、それまでに要求どおりにならなければ、亀井刑事の息子さんを殺すと言っているんですか？」

「そうだよ。父親の亀井刑事を脅すよりも、亀井刑事の仲間の我々を、脅かした方が、効果があると、考えたんだろう」

「それで、警部は、どうされるつもりですか？」

「今も言ったように、これから、緒方検事と相談する。我々だけで、どうすべきか決められることじゃないからな」

と十津川が言った。

十津川はすぐ、東京地検の緒方検事に電話して、こちらに来てもらうことにした。

緒方検事は、すぐやって来たが、少しばかり機嫌が、悪かった。

「突然、被告人が、心臓発作に襲われて公判が一週間も遅れてしまい、拍子抜けしていますよ」

「実は、今から三十分ほど前に、亀井刑事の息子、健一君を、誘拐した犯人から電話がありました」

「犯人は、何と言ってきたんですか？」

「私に、問題の手紙を、緒方検事から、奪い取れと指示してきました。今日の、正午までの間にです。もしそれが出来なければ、亀井刑事の息子を、殺すと言ってきました」

「この手紙ですか」

と言って、緒方は、内ポケットから、問題の封書を取り出して、机の上に置いた。

十津川は、うなずいてから、

「私としては、亀井刑事の息子を助けるために、この手紙を、犯人に渡すことを、緒方さんに頼むことは出来ません。もちろん、私が勝手に行動するわけにはいきませんから、緒方さんとこれから相談したいんです。四時間あまりしたら、犯人から電話がありますから、それまでに、決めておかないと、亀井刑事の息子が、殺されます」

「こういう状況に、置かれるのが、一番困るんですよ」

緒方は、肩をすくめた。

「こちらも、同様です。検事のあなたにどうしてくれと、頼むことは出来ません」

十津川も言った。

「この手紙がどんなに重要な物か、もちろん十津川さんにも分かっているはずだ。この手紙がなければ、被告人のアリバイを崩すことも出来ないし、連続殺人事件の犯人と、断定することも出来ません。しかし、だからといって小学校五年生の子供を、犠牲にすることも出来ない。そのことは、お分かりのはずだ」

「もちろん、分かっています。だから私も苦しいのです」

「ちょっと、五分間だけ、考えさせてもらえませんか」

と緒方検事は、部屋を出ていった。たぶん上司に、電話して、相談するのだろう。
五、六分して、緒方は戻って来た。
「今、上司に電話して、どうしたらいいか聞きました。逮捕、起訴した犯人を今更逃がしたくはない。だからといって人命は、尊重しなければならない。そこで、上司はこう言いました。子供の命を助けるためには、一番大事な証拠品を手放すこともやむを得ない。そこで十津川さん、あなたにひとつ約束してもらいたいことがあると、言っています」

「どんな約束ですか？」

「いったんは被告人を釈放することになるが、必ずもう一度逮捕し、起訴する。十津川さんが、そう約束してくれたら、問題の手紙を渡してもいいと」

「分かりました。必ずもう一度、逮捕しますよ。約束します」

と十津川は言った。

3

亀井の携帯が鳴った。

「今、どこにいる？」

と犯人が聞く。

「熊本駅に来ている」

「今から、下りの特急『いさぶろう一号』に乗るんだ。八時三一分発だから、急がないと乗り遅れるぞ」

「健一はどこにいるんだ？」

「こちらの指示どおりに動けば、間違いなくあんたの息子に、会わせてやる。もし、こちらの命令に、従わなければ即刻、あんたの息子を、殺す。下りの特急『いさぶろう一号』吉松（よしまつ）行きだ。早く切符を買って乗るんだ。八時三一分発だからな。もし乗り遅れたら、あんたの息子は死ぬ」

そう言って犯人は電話を切った。

亀井は、熊本発吉松行きの下り特急、「いさぶろう一号」、その列車の切符を買って、ホームに向かって走った。

何とか、八時三一分発の特急「いさぶろう一号」に間に合って、亀井が飛び乗った途端に、列車は発車した。

現在、九州には何本もの観光列車が走っている。たぶん、日本中で一番観光列車が多いのは、JR九州だろう。

先日、亀井が乗って、息子の健一を誘拐されてしまった「或る列車」も、九州の観光列車の一つであり、熊本駅から亀井刑事が飛び乗った特急「いさぶろう」も、同じ観光列車の一つである。

この観光列車は面白いことに、熊本発吉松行きだが、下り列車が「いさぶろう」で、上りの列車が「しんぺい」、合わせて「いさぶろう・しんぺい」号である。

「いさぶろう」というのは、九州の鉄道に貢献した、山縣伊三郎の名前から取っており、上りの「しんぺい号」の「しんぺい」は、後藤新平である。

亀井刑事は、終点の吉松までの切符を買って、今、特急「いさぶろう一号」に乗っている。時刻表によれば、熊本八時三一分発、八代九時〇三分、坂本九時一五分、一勝地九時四七分、人吉一〇時〇八分、終点の吉松着が一一時二二分になっていた。

犯人が何故、この列車に乗れと命令したのか、亀井にも分からなかった。

それ以上に分からないのは、犯人の要求だった。

先日は、これから東京地裁で始める公判に備えて、被告人の小西栄太郎の愛人、今田けいこの手紙を奪ってこい、そう、命令したのだ。それなのに、今日は、何故かその手紙のことを犯人は言わなかった。

何故言わなかったのか。何故、熊本発吉松行きの特急「いさぶろう一号」に乗れと命令したのかも分からないのである。

熊本を発車した「いさぶろう一号」は、新八代から、肥薩線に入り、人吉を通って終点の吉松へ向かう。何故、この列車に乗るように指示したのか、依然として亀井には分からないのである。

時刻表によれば、亀井の乗った下り特急の「いさぶろう一号」は、肥薩線の人吉を一〇時〇八分発だが、終点の吉松までその間は、普通列車になって、各駅停車である。

一瞬、亀井は、ここに鉄道マニアの健一がいたら、この特急列車に喜んで乗っていたに違いないと、そんなことを思っていた。すると、また携帯が鳴った。亀井が出る。犯人が言う。

「いいか、よく聞け。今乗っている特急『いさぶろう一号』は、終点の吉松に一一時二二分に着く。吉松駅には、同じくJR九州の特急列車『はやとの風一号』が、待っている。乗り換えの時間は三分しかない。だから急いで乗れ。切符は車内で買えばいい。また、その時間になったら、電話する」

現在、亀井が乗っている特急「いさぶろう一号」は二両編成である。終点の吉松駅で特急「はやとの風一号」に接続するようになっている。吉松駅から先は、「はやとの風一号」になり、この特急列車の行き先は、鹿児島中央駅である。

時刻表どおり、亀井の乗った下り特急「いさぶろう一号」は、終点の吉松に一一時二二分に到着した。その吉松駅のホームにもう一つの特急、「はやとの風一号」が、停車していた。なるほど、特急列車の乗り継ぎである。犯人が言ったとおり、乗り換えには三分しかない。

亀井は急いで、二両編成の特急「はやとの風一号」に乗り込んだ。すぐ発車する。これまでと同じ、肥薩線である。

一時間近くで隼人駅に到着した。この辺りは、九州では山の中だと言っていいだろう。緑がやたらにまぶしい。隼人からは一二時二一分頃発車して、鹿児島中央駅へ向かった。


この二十一分前の東京。一二時ジャストに十津川の携帯が鳴った。

すぐボイスレコーダーに接続してから、十津川は電話に出た。一二時ジャストである。

「どうした、手紙は手に入れたか？」

と、犯人が聞いた。

「ああ、手に入れた。どうすればいい」

「その手紙にふさわしい人の所へ、渡してこい」

「手紙にふさわしい人？」

「その手紙の受取人だった小西栄太郎だよ。小西栄太郎は心臓発作を起こした直後、飯田橋の警察病院に、入院させられていたが、重篤のために、心臓外科の専門医がいる東京駅八重洲口の八重洲病院に、転院している。そこには、手紙を書いた今田けいこが行っているはずだ。病室は、三階の三〇六号室。そこへ行って、今田けいこでもいいし、小西栄太郎本人でもいいから、その手紙を渡すんだ。その手紙を書いた女性と、その手紙を受け取った人間が、病室に二人ともいるんだから渡して何も言わずに帰ってくるんだ。それから、言っておくが、手紙のコピーを取るなよ。もし、コピーをしていたら、亀井刑事の息子は容赦なく殺す」

　そう言って犯人は電話を切った。

　十津川は、女性刑事の北条早苗を呼んで、問題の手紙を、渡した。

「これを、東京駅八重洲口の八重洲病院、そこの三〇六号室に入院中の小西栄太郎に渡してきてくれ。見舞いに来ている今田けいこでもいい。とにかく、何も言わずに渡して帰ってくればいいんだ。それから、途中でコピーするようなことはするな。下手に動くと、亀井刑事の息子が死ぬんだ」

　北条早苗刑事は、三田村刑事と二人で、わざとパトカーは使わず、タクシーで東京駅八重洲口の八重洲病院に向かった。

「君が持っているその手紙が、唯一の証拠だから、それを相手に渡してしまったら、たぶん小西栄太郎を釈放せざるを得なくなるだろうね」

三田村が早苗に言った。

「でも、確かに大事な証拠品だけど、この手紙のために、亀井刑事の大事な息子さんを、死なせるわけにはいかないわ。残念だけど、この手紙は持ち主に、返すより仕方がないわ」

と早苗が言った。

東京駅の八重洲口にある八重洲病院に着き、タクシーを降りると、二人の刑事は三階まで上がって行った。

三〇六号室に入っていくと、最初に出迎えたのは、今田けいこだった。ベッドの上には、小西栄太郎が寝ていた。心臓発作で倒れたのだが、今は小康状態を保っているらしい。

北条早苗が、今田けいこに、持って来た手紙を渡した。けいこはその手紙を受け取ると、内容を確認し、用意した大型の灰皿の上でいきなり、ライターで、火を点けた。燃え上がる手紙。それを見て、北条早苗は唇を嚙んだが、十津川に言われたとおり何も言わずに三田村刑事を促して、病室を出た。

エレベーターで一階に降りながら、早苗は十津川に電話をかけた。

「今、問題の手紙を今田けいこに渡してきました」

「それで、向こうは、どうした？」

「私達の見ている前で、火を点けて燃やしてしまいました。残念です」

「命には代えられないだろう。そのまま帰って来い」

　と十津川が言った。

　その頃、亀井刑事を乗せた特急「はやとの風一号」は、定刻の一二時五二分に鹿児島中央駅に到着した。亀井は、ホームを見回すようにして、列車を降りた。

　これから、どこへ行ったらいいのか分からずにホームに立ちつくしていると、彼の携帯が鳴った。

「私だ」

　と犯人の声が言った。

「感心だ。私の言うとおり特急を乗り継いで、ちゃんと鹿児島中央に着いたんだな」

「私の息子はどうなった。まずそれを教えてくれ」

「鹿児島中央に駅ホテルがある。そのホテルの一階のロビーに行け。そのロビーにティールームがあって、そこで君の息子はジュースを、飲んでいるはずだ」

　犯人が言った。

亀井は鹿児島中央駅に併設されている駅ホテルに行くと、エレベーターで一階のロビーに向かった。まだこの時は、犯人の言うことは信じていなかった。今日の犯人はまだ一言も、問題の手紙を奪ってこいと、言わなかったからである。

一階のロビーに到着。一階ロビーには、ティールームが併設されている。そこをのぞき込む。

息子の健一がいた。

亀井は一瞬、呆然となった。目の前に息子の健一がいるのが信じられなかったのだ。今回、亀井は問題の手紙を、奪い取って来ていない。それなのに何故、犯人が突然、健一を解放したのか。それが分からなかったからである。

次の瞬間、亀井はティールームに飛び込んでいった。

そのティールームには、他に数人の客がいた。その手前もあって、いきなり、抱きしめるわけにもいかず、亀井は、黙って同じテーブルに腰を下ろすと、小声で、

「無事で良かったな。もう、大丈夫だ」

と声をかけた。

「怖かった」

と健一が言う。

「分かってる。もう、二度と犯人にさらわせたりはしない。一緒に東京に帰ろう」

と亀井は言った。

その時になって、初めて、健一が泣き出した。

一三時三〇分、東京。十津川の携帯が鳴った。また犯人からかと思ったが、聞こえたのは、亀井刑事の声だった。

「亀井です。今、九州にいます。鹿児島中央駅です」

と切れ切れに、亀井が言った。

「息子さんはどうしている？」

「突然、健一が、解放されました。今、鹿児島中央駅のホテルに息子と一緒にいます。何故、犯人が突然息子を解放したのか分からないんですが、そちらで犯人と、何か取引をされたんですか？」

「いいか、カメさん。何も考えずに息子さんを奥さんの所に送ってから、すぐ東京に帰って来い。相談したいことがあるんだ」

と十津川が言った。

「しかし私は、すでに退職願を」

と亀井が言う。十津川は語気を強めて、

「とにかくすぐに東京へ来てくれ。これは命令だ」

と怒鳴った。

亀井はすぐ、実家に戻っていた妻と連絡を取り、息子の健一を送り届けてから、東京に戻った。

十津川をはじめ、刑事達が揃って出迎えてくれたが、亀井は簡単には、笑顔になれなかった。

「皆さんのお陰で、息子は解放されました。しかし、それなりの取引が犯人との間にあったと思うんです。そうでなければ犯人が息子を返すとは思えませんから。そうなると私は大変なことをしてしまったんじゃありませんか？」

「いや、君は何のミスも犯していないよ」

と十津川が言った。

「しかし」

「いいか、これからの捜査は、何とかして小西栄太郎を再逮捕して、起訴し、公判に持って行く。それだけの必要な証拠を、見つけ出すことだ。それから、亀井刑事の息子を誘拐した犯人の逮捕だ」

「やはり、あの手紙を小西栄太郎に渡したんですか？」

「今田けいこが手紙を受け取ると、すぐに、焼いてしまった。だが、そんなことはもういい。もともと、愛人の手紙などで犯人を起訴することに、私は反対だったんだ。もっとしっかりした、逃げようのない殺人の証拠を摑みたい。それが私の願いだ。これから、亀井刑事には、もう一度、捜査をやり直してもらう。今からだ。それでは、日下刑事と一緒に小西栄太郎が入院している八重洲病院に行って、病気の状況、それを調べてきてくれ」

十津川は、とにかく亀井刑事を、若い日下刑事と一緒に、押し出した。

その他の刑事にも、新しい捜査方針を示しておいて、十津川は、緒方検事と今後の方針について、話し合うことにした。

「どうも私には、不思議で仕方がないんです」

と十津川が言った。

「どこがですか？」

「さっき、小西栄太郎が転院した八重洲口の病院に電話して、彼の病状について聞いてみたんです。彼を診察した医者の話では、不整脈が続いていて、余命は長くても、あと一年弱ではないか。そのくらい身体（からだ）は弱っていると、医者が教えてくれました」

「余命一年ですか？」

「そうです。医者は、奥さんにもそのことは話してある。本人にも告知していると、言っています」

「そのことと、今回の裁判と何か関係がありますか」

と緒方検事が聞く。

「その裁判ですが、有罪と宣告されても、当然、弁護人は控訴するでしょう。上級審判で有罪となっても、向こうは上告しますよ。そうなれば、最高裁まで行き、一年ぐらいは、すぐに経ってしまいます。余命一年の医者の診断が正しければ、その間に小西栄太郎は亡くなっている可能性があります」

「小西栄太郎が、公判で勝てば、政界再編に間に合うんですかね？　余命一年とはいえ、また内閣の要職に返り咲く可能性はあるんですかね？」

「私の友人に新聞記者がいるんですが、彼に聞いたら、まず無理だろうと言っていましたね。逮捕され、起訴された時点で、内閣の要職に就く可能性は消えた。その上、心臓病で余命一年と診断されたら、政治の中心に返り咲くのは完全に断たれたと、言っていましたね」

「それなのに、子供を誘拐してでも、小西栄太郎の無罪を勝ち取ろうとする理由が分かりませんね。どんな人間たちが、それを実行しているのか、私には想像がつかないのですよ」

と緒方が言う。

「小西栄太郎の名誉のためですかね。公判で勝っても、政界で要職に就くのは無理だと、記者は見ていますからね。しかし、例の手紙が消えて、無罪になっても、そのために誘拐事件を起こしていますからね。そちらの罪で逮捕されることを、考えなかったんですかね？」

と十津川も疑問を口にした。

何よりも、余命一年である。

いったい誰が誘拐を考えたのだろうか？　その時、冷静にプラス、マイナスを計算したのだろうか？

そこが不可解だと、十津川が言い、緒方検事も同感なのだ。

「私が小西栄太郎の弁護人だったら、とにかく、全力で裁判を引き伸ばし、判決で有罪だったら、上訴を重ねますね。そうして様子を見ます。余命一年を考えて」

と緒方が言う。

二人のそんな疑問は、すぐ現実になった。

心臓発作で一週間の公判延期になっていた小西栄太郎の裁判が新しい医師団の診断で、更に一か月の延期が決まったのである。

「冠動脈疾患」と病名も発表された。

4

急遽、警視庁は、捜査方針を変更した。

小西栄太郎を訊問するのは難しくなったので、亀井刑事の長男、十一歳の健一に関する誘拐事件に絞ることにしたのである。

その指揮は、十津川が執ることになった。捜査会議が開かれ、十津川が報告した。

「小西栄太郎の病状は、いっこうに回復せず、このままでは公判は無期延期になる可能性が強くなりました。現在、小西栄太郎は警察病院から八重洲病院に転院し、三〇六号室に入っていて、移動も禁止されています。もちろん、被告人として公判に出席することも出来ず、訊問も出来ません。そこで、裁判長の英断で、公判の一か月の延期が決まったのですが、我々の前に誘拐事件の捜査が待っていることになりました。誘拐が行われたのが、ＪＲ九州の特別列車の中なので、福岡県警、長崎県警、そして熊本県警との合同捜査になります。そこで、まず誘拐事件の当事者になった亀井刑事に、話してもらうことにします」

と十津川は言った。

亀井刑事が自分の体験を話すことになった。

「これから、私と息子が遭遇した誘拐事件について説明しますが、その前に、私の息子、健一のことで小西栄太郎の裁判に支障をきたし、本当に申しわけないと思います。それをまずお詫びしてから、九州で起きた誘拐事件の説明をすることにします。

私の十一歳の息子は、大変な鉄道マニアで、ＪＲで最近、長崎―佐世保間を走ることになった『或る列車』に乗りたいと口にしていました。今はやりの観光列車です。私はちょうど三日間の休暇をもらえましたので、息子とこの列車に乗りに行ったのです。もちろん、息子が誘拐されることなど全く想像だにしていませんでした。『或る列車』というのは、戦前九州の私鉄が計画した豪華列車でしたが、その私鉄の会社が国有化されてしまったので、実現しませんでした。JR九州が、今回その夢を生かして『或る列車』として実現したのです。とにかく、豪華列車でした。客席は、満席でした。息子の健一は、カメラを持って、車内を走り回っていたのですが、終点の佐世保に近くなって、姿が見えなくなりました。最初から誘拐される危険性があると分かっていれば対応の方法もあったと思うのですが、そのようなことは全く考えていなかったので、まんまと息子を誘拐されてしまいました。おそらく犯人は、小柄な健一を大きなトランクに押し込んで連れ去ったのだと思います。

そのあと、犯人から電話があって、小西栄太郎の公判で、検察側が用意している今田けいこの手紙を盗んで来い。さもなければ、誘拐した健一を殺すというのです。刑事としての私は、もちろん拒否です。しかし、健一の父親としては、私は何としてでも息子を助けたい。そこで、警視庁に辞表を出しました。私にとって幸運だったのは、小西栄太郎が心臓発作で倒れ、公判が延期されたことです。私も、犯人の命令で盗みを働くことをせずにすみましたが、息子は帰って来ず、犯人が再度、私に命令してくるのは明らかでした。

案の定、犯人から電話がありましたが、奇妙な命令でした。問題の手紙を盗めというのではなくて、まず九州の熊本に行けという命令でした。命令どおりに動かなければ、息子を殺すと言われましたが、何故か、今田けいこの手紙を奪って来いという指示はなかったのです。

朝早く熊本駅に行きましたが、犯人の命令は、ますます不可思議なものになってきました。熊本八時三一分発の吉松行きの特急『いさぶろう一号』に乗れというのです。理由は言わないので、私は不思議な命令に首を傾げながら『いさぶろう一号』に乗りました。この特急列車は肥薩線を走って、人吉から吉松までは普通列車になります。時刻表どおり、終点の吉松に一一時二二分に着きました。が、その前に犯人から電話があって、『吉松から特急「はやとの風」に接続しているから、それに乗れ』というのです。相変わらず手紙の話はありません。たしかに、特急『いさぶろう一号』は吉松で『はやとの風一号』に接続していましたから、三分後に吉松を発車する特急『はやとの風一号』に乗り換えました。しかし、列車の中で、犯人が何かを命令してきたことはありません。こちらも、時刻表どおりの一二時五二分に終点の鹿児島中央駅に到着しました。

この間、私は命令どおりに動いたわけですが、ただ、九州を走る二本の観光列車を乗り継いだだけです。更に驚いたことに、終点の鹿児島中央駅に併設された駅ホテルのテイールームに、息子の健一がいました。犯人は何の要求もせず、健一を解放したのです。犯人の目的が何なのか見当がつかないのです」

5

亀井の説明に続いて、十津川が「亀井刑事の不可解な一日」について、自分の解釈を話し始めた。

「今回犯人は電話（携帯）を使って、東京の私たちと、九州の亀井刑事を操っていたのです。まず犯人は、亀井刑事に、八時三一分熊本発の下り特急『いさぶろう一号』に乗れと命じました。この列車は、終点の吉松に一一時二二分に着く。ここで別の特急『はやとの風一号』に接続しているから、その特急に乗り換えろと、命令しました。この特急列車が鹿児島中央駅に着くのは、一二時五二分です。つまり、八時三一分から一二時五二分まで、犯人は亀井刑事を九州の特急列車に乗せておいたのです。亀井刑事は、息子を誘拐されていますから、いつ犯人から連絡が来るか分からないので、特急列車に乗っている間、他に連絡が出来ません。一方、犯人は、東京の我々に電話してきて、午前八時から正午までの間に、問題の手紙を盗み出せ。さもなければ、亀井刑事の息子を殺すと言って来たのです。二つの時間を並べてみます」

と言って、十津川は、ホワイトボードに表を貼った。

「この二つの時刻表を見れば、犯人が何をやったのか明瞭です。犯人は、亀井刑事を二つの特急列車に乗せ、ほぼ同じ時間、我々東京の刑事を亀井刑事と切り離しておいて脅迫したのです。我々は、亀井刑事と息子の健一君が、どこにいるのか分からないままに、犯人の命令どおりに動かざるを得なかったのです。その点、犯人は、上手く立ち廻ったと言えるのですが、ここに来て、我々の動きと犯人の動きを改めて比較すると、犯人の動きに、不可思議に思えるところが出てきたのです」

十津川は、ここで一息つき、お茶を一口、飲んでから、自分が不審に思った犯人の動きについて話を続けた。

「犯人は、小西栄太郎が余命一年と知っていたし、心臓発作で緊急入院していたことも知っていたはずなのです。普通の犯人なら、様子を見ると思うのです。裁判が長引くことも分かっていたはずです。公判で負けても、弁護側が控訴することは決まっているからです。その上、被告人は八重洲病院に転院させられ、動かせないことも分かっていたはずなのです。裁判は更に延期されることも考えられていたのに、それを待たずに、我々を脅迫してきたのです。犯人は何故、様子を見なかったのか？　何故、犯行に走ったのか？　犯人が危険な行動を起こしても、問題の手紙を手に入れることが出来るかどうか確証はありません。それなのに、何故、強行したのか？　今になると、不思議で仕

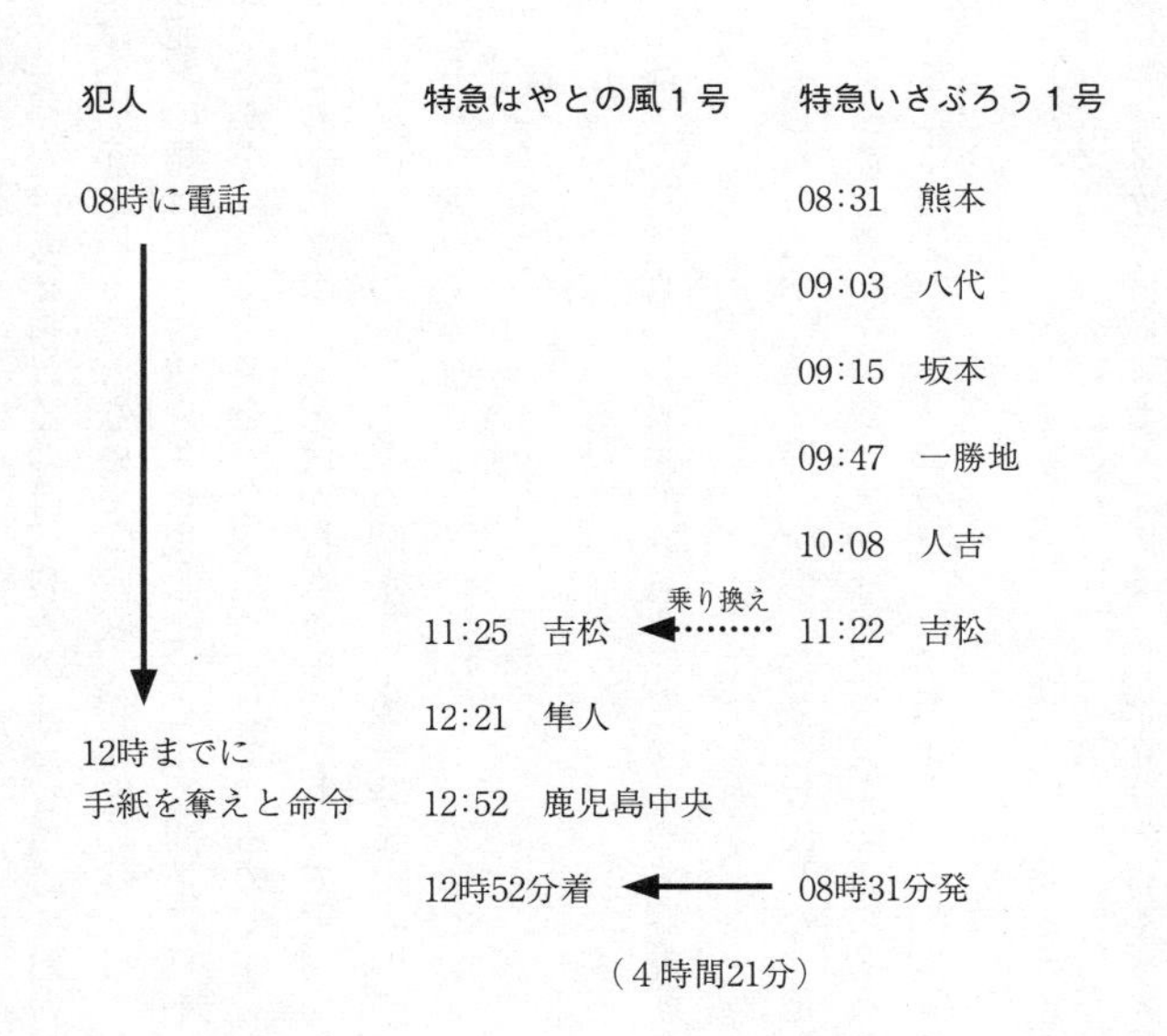
犯人
特急はやとの風１号
特急いさぶろう１号
08時に電話
08:31　熊本
09:03　八代
09:15　坂本
09:47　一勝地
10:08　人吉
乗り換え
11:25　吉松
11:22　吉松
12:21　隼人
12時までに
手紙を奪えと命令
12:52　鹿児島中央
12時52分着
08時31分発
（４時間21分）

方がないのです。一つだけ考えられるのは、我々の注意を集めておいて、何か別の事件を起こしたのではないかということなのです。我々警視庁の注意は、午前八時から正午までの間、誘拐犯との駆け引きに費やされました。この時間帯に日本のどこかで事件が発生していなかったかを調べる必要を、今、強く感じているのです。もし、私の心配が当たっていれば、その隠れた事件は、何か特別な理由があって、誘拐事件の陰に隠されたのです。そこで、私は、この日の午前八時から午後一時までの間に、日本の中でどんな事件が起きているかを調べてみました」

○新聞の政治面

国会会期中。午前一〇時、官房副長官が昨日の発言について謝罪するも、辞職はせず。

南九州（みなみきゅうしゅう）市の市会議員三人が午後一時、突然、辞表を提出した。地元新聞が翌日の朝刊で、この三人が家族旅行などを公費でまかなった事実を記事にすることを知っての行動で、辞表は受理される模様である。この三人は、保守系二人と革新系一人。

京都発。十二時〇〇分。

京都テレビのニュースが、問題になっている。京都在住の日本画家K・S氏は、自宅裏の国有林が全く手入れがされず、倒木がそのままになっていて危険なので営林署に善処を頼んだが、予算がない、人員がないといって、何もしてくれない。そこで、たまたまクラブで知り合った国務大臣に話したところ、その翌日、十人もの男たちがやって来て、忽ち裏山がきれいに片付けられてしまった。「日本はコネ社会」と、K・S氏がテレビで話したところ、国務大臣はそのクラブに行ったこともないし、K・S氏に会ったこともないと否定している。

○社会面
福知山線の京都府内の踏切りで、午前一一時五分、十二歳のM・T君が下りの列車にはねられて死亡した。列車の運転士は踏切り内に、子供を発見し急ブレーキをかけたが、間に合わなかったと話している。

東京上板橋にあるコンビニジャパン上板橋店の店長N・Y氏（二八歳）が、午前九時になっても起きて来ないので、妻のSさんが起こしに行ったところ、首を吊って死んでいるのが発見された。N・Y氏は、残業続きでノイローゼ気味で、一週間前にも自殺を図ったことがあるという。労働基準監督署では、コンビニジャパンを労基法違反で調べることにしている。

横浜市内で危険な遊び二件

午前九時頃、横浜商店街で軽自動車から突然、アーチェリーの矢が発射され、同じく横浜市内に住む女性A・Sさん（三二歳）の腹部に命中、直ちに救急車で病院に運ばれた。矢の先に毒が塗ってあり、重傷だったが、手当てが早かったので、助かる見込みである。同じ日の午後一二時一〇分頃、山下公園でも、軽自動車から矢が発射され、たまたま公園に来ていた女子大生A・Aさん（二一歳）の左足に命中したが、こちらも手当てが早かったので、一命は取りとめている。警察は、悪質な行為と見て、殺人未遂容疑で捜査を始めた。

バブル時代のキング、自殺

バブルの時代に土地と株で大儲けをして、キングと呼ばれていたK・N氏（六五歳）が、北海道定山渓温泉で自殺しているのが発見された。

K・N氏はバブルの頃、自宅の金庫に常に二億円から五億円の現金が入っていて、主として政治家に用立てていたといわれる。バブル期に、政治家に用立てた金額は、合計百億円という。バブルがはじけたあと、ひそかに政治家が助けてくれるのを期待していたが援助はなく、出資法違反で刑務所に服役した。

定山渓温泉のRホテルに泊まっていたが、一昨日の夕方、外出したまま帰って来ないので、ホテルの従業員が探していたところ、昨日午前一〇時頃、近くの林の奥で、首を吊って死んでいるのが発見された。キングといわれた頃のK・N氏は、億単位の金を自由に動かしていたが、見つかった時の所持金は、わずかに一万八千円だった。

東京湾内で衝突事故。漁船沈没し、三人行方不明

昨日午前八時頃、千葉県君津（きみつ）の漁船、友海丸（一九トン）が第一海堡（かいほう）近くで、タンカーの東海丸（九八〇トン）に衝突し沈没。三名の乗組員は行方不明になっている。

これが翌日の新聞に載っていた事件の全てだった。

どの事件もすでに完結している。

しかし、十津川の想像が当たっているとすれば、この中の一つが終わっていないか、まだ表に出ていない事件があるのだ。そして、それを終結するために、犯人は動いたことになる。

それを隠すために、犯人は現職の刑事の子供を誘拐して、警察の注意をそちらに向けさせようとした。

しかし、誘拐は重罪である。人質を解放したとしても、重罪であることに変わりはな

い。

そんな重罪を犯してでも、すぐ解決すべき問題が、犯人側にあったことになる。人質を解放したのだから、その事件は犯人の思いどおりに解決したのだろう。

十津川は、新聞に載っている事件をもう一度、一つ一つ見ていった。どれが答えなのか分からない。それどころか、これは勝手な思い込みかも分からないのである。

そんな十津川の下に、亀井刑事が長男の健一に書かせたメモを持ってきた。

「誘拐されていた時のことを、何でもいいから全て書き出せといって、健一に書かせたものです」

と亀井が言った。

「誘拐犯人を捕まえるのが、お前の義務なんだから、全部思い出せといって書かせました」

「いや、もっと大事なことを、思い出してくれているかも知れないよ」

と十津川は言った。

第四章　誤認逮捕

1

十津川の手元に、亀井刑事が持ってきた、誘拐された長男健一が書いたメモがある。そのメモによると、健一が「或る列車」の車内で誘拐されたことから、鹿児島中央駅のホテルで解放されるまでの経過は次のようなものだったという。

健一は父と一緒に、九州の長崎と佐世保との間を走る新しい観光列車、「或る列車」に乗ってはしゃいでいた。嬉しかった。

二両の列車の中を、走り回っているうちに、喉が渇いた。ちょうど連結部にいた中年の女性から、

「これを、飲みなさい。美味しいわよ」

と、缶ジュースを渡され、お礼を言って飲んだら、そのうちに、無性に眠たくなって意識をなくしてしまった。

その後、トランクの中に、押し込められてしまったのだが、そのへんの記憶はない。とにかく眠ってしまったのだ。

気が付いたら、ベッドに、寝かされていたが、どこかへ移動している感覚があった。後で分かったのだが、そこはかなり大きな改造車で、ベッドが三つあり、その他に、洗面所、トイレ、シャワー、キッチン、そして椅子やソファーが、置かれた小さな居間があった。健一は一番奥のベッドに、寝かされていて、他の二つのベッドには二人の中年の女性が座って、健一を監視していた。

女性だが、大きくて力があり、反抗することは、許されなかった。乱暴な扱いは受けなかったが、逃げようとすると、ロープで縛られたり、すぐ麻酔薬を打たれたりするので、反抗は出来なかった。

車は絶えず動いていて、窓には、シールが貼られていたので、どこを、走っているのかは分からなかった。時々停まっていたが、その時は、二人の女性のうちの一人が、必ず起きていて、十一歳の健一には逃げ出すことが、出来なかった。

車の中で、一週間ほどを過ごした。その後、急に、車から降ろされ、ホテルの中のティールームでここから動かないように命令された。動いたら、ひどい目にあわせると脅かされ、犯人たちが姿を消してもホテルのティールームでじっと、誰かから声をかけられるのを待っていた。その後、突然、父親の亀井刑事が来て、解放された。

これが、健一の記憶している全てだと言う。

健一は、力の強い大柄な女性二人だと、言っているが、ひょっとすると、それは男かも知れない。

十津川は、そんなふうに、考えた。

健一は、改造した自動車に、最初から最後まで、乗せられていたらしいが、どんな形の改造車か分からないのは、健一が、外からその車を見ていないからだった。分かるのは、何日間も、大柄な女性二人と一緒に乗っていたということだけだ。

ベッドが三つと、シャワー、キッチン、居間などがあるということから考えて、かなり大きな改造車であることは、十津川にも想像がついた。

もしかしたら、大型車を改造したキャンピングカーかも知れないと思った。

次は、十津川の想像が、当たっているかである。

小西栄太郎の病状は、安定せず、病院に入院したままなので、裁判の方は延期が続いていて、少なくとも、あと一か月は開廷の予想がつかないと言われた。そうした小西栄太郎の病状から考えて、東京で行われる小西栄太郎の裁判について、それを、無罪に持っていこうとしての誘拐とは、考えにくくなってきた。

十津川が考えたのは、全く関係のない事件を隠そうとして、健一が誘拐されたのではないかということだった。もちろん、小西栄太郎を、無罪に持っていこうとして、健一が誘拐されたという考えも、完全に消えたわけではなかった。

したがって誘拐事件としての捜査も引き続き進めていた。

だが、ここに来て、十津川が全力を尽くしたのは、健一が誘拐されていた時間に、日本全国でどんな事件があったか、それを取り上げて、その事件のその後を、調べるということだった。

問題の時間は、八月十日の午前八時から一三時までの間。その時間帯に、日本のどこかで、十津川が、危惧するような事件が起きているのではないかということだった。

その間に起きている事件が、いくつかあって、十津川は書き出してみたが、調べてみると、それらの事件は一様に、すでに、終わっていた。

もし、完全に、解決していたとすれば、十津川の推理は、間違っていたことになる。

当然、警察の中にも、十津川の考えに、反対の声はあった。その筆頭が、三上刑事部長である。

頻繁に開かれた捜査会議の中で、三上刑事部長が、次のように反対した。

「犯人側が亀井刑事の息子を誘拐し、亀井刑事に、問題の手紙を奪い取れと、命令したのは事実だし、その手紙を持っている、緒方検事のそばにいた若い吉田刑事が、犯人から鉄棒で殴られて、重傷を負った。これも、間違いないんだ。単なる陽動作戦でそんなことまですると思うか？」

それに対して十津川は、

「たしかに犯人側は問題の手紙を奪うために、亀井刑事の息子を、誘拐したと思われます。しかし、問題は、その後の犯人の行動です。私が調べたところによると、公判が始まる前に、被告側は、小西栄太郎が、心臓病のために一か月公判を、延期してもらうように、申請することになっていたというのです。つまり、誘拐事件が、起きなくても被告人側は、一か月の延期を、受理されるだけの自信があったと、言っているのです。したがって、あの誘拐事件は、全く別の目的で行われたと、私としては考えたいのです。その表れが、八月十日の事件です。八月二日のケースは、明らかに子供を誘拐し、その子供を人質にして、亀井刑事に問題の手紙を奪ってこさせようとしています。しかし、八月十日のケースは、それとは、全く違っています。八月十日でも、もう一度子供を、人質にして、亀井刑事に問題の手紙を、奪って来いと命令していたら、私は納得します。しかし犯人が命じたのは、九州の特急列車『いさぶろう』と、『はやとの風』、この二つの特急列車を乗り継いで、鹿児島中央に行けという、指示です。何かをしろと言ったわけではなくて、逆に何もするな、その列車に乗っていろという指示です。それだけで犯人は、人質に取っていた子供を、解放しました」

「君は、それを、どのように考えているのかね？」

三上が聞いた。

「いろいろと考えましたが、これといった答えは見つかりません。それで、弱っているんです」

「私なら、こう考えるよ」

と、三上が言った。

「八月十日には、すでに、小西栄太郎に関する裁判は、延期が決まっていた。したがって、犯人には、問題の手紙を奪い取ることは、緊急の要件ではなくなっていた。だから、この辺で、人質の子供を、解放しようと考えた。そこで、もっともらしい、奇妙な要求をし、それで亀井刑事の子供を解放した。つまり犯人は、八月十日に、もっともらしく人質を返そうとしたんだよ」

と、三上が言うと、

「分かりました。しかし、私としては、犯人の意図が分かるまでは、安心出来ないのです」

と、十津川が言った。

「しかし、君だって、当然、いろいろと考えているわけだろう？　それを聞かせてくれないかね」

と、三上が言った。

「先ほども申し上げましたが、八月十日の午前八時から、一三時までの間に、我々を誘拐事件に関係ありと見せておいて、日本のどこかで、大きな事件を起こしたのではないかと考え、その時間帯に起きた事件を調べました。しかし、どの事件も残念ながら、その日のうちに、解決している。全て済んだ事件だったんです。それで、謎は、残ってしまいました。それでも、私は誰かが、八月十日の午前八時から一三時までの間に、何か大きな事件を起こしているに違いないと、考えざるを得ないのです。繰り返しますが、私は、この時間帯に、私たちが見逃しているもっと大きな事件が起きているのではないかと、そう考えています。八月十日の午前八時から午後一時までの間に起きた事件を、全てピックアップしたのですが、残念ながら、それらの事件は、全てすでに、終わっている事件でした。あるいは、完結している事件でした」

「他にもう一つ、疑問が、あるんじゃないのか」

三上が言った。

「犯人は、せっかく亀井刑事の息子を誘拐したのに、八月十日の時には、亀井刑事に何もやらせずに、子供を、解放している。亀井刑事を、九州の観光列車に続けて、二本乗せているが、一体あれは、何だったのかね。何のためにそんなことをしたのか、君には、分かっているのか？」

「今のところ、はっきりした答えは、見つかっていません」

「犯人のやったことはまるで、その時間帯の亀井刑事のアリバイを、作ってやった。そんな感じを受けるんだがねえ。犯人は何故、そんなことをしたんだろうか？」

「それも、分かりません。ただ、今、部長が言われた八時から一三時までの間の亀井刑事のアリバイを作ったというのは、少し違っていると思います」

と、十津川は言った。

「どう違っているのかね？」

「亀井刑事が乗ったのは、二列車とも、九州の観光列車ですから、地元の人は、乗っていなくて、観光客がほとんどです。つまり、その日だけ乗った乗客が、多いということになります。そうした乗客にとって、同じ列車に乗っていた亀井刑事も、それほど、強い印象を残したとは思えません。自分たちと同じような観光客、おそらく、そんな感じで、亀井刑事を見ていた。あるいは逆に、見ていなかった。つまり、乗客には、亀井刑事の容貌や服装の記憶は、残っていないと思います。ですから、その時間帯の亀井刑事のアリバイを作ったというのは、少し違っているのではないですか？」

「どう違っているのかね？」

「反対の印象を受けるのです。つまり、その時間帯の彼、亀井刑事の、アリバイは、希薄になった。犯人は、それを狙ったのではないかと、思うのです」

「その時間帯の亀井刑事のアリバイを、希薄にした。もし、君の言う通りだとしても、それで、犯人は、どうするつもりだったのかね？」

「それがまだ、分からないのです。それが分かれば、今回の事件は、解決すると思うのですが」

と、十津川が言った。

2

八月十三日、夜。午後八時二〇分。小西栄太郎が、心不全で亡くなった。

もともと心臓が悪く、不整脈で、苦しんでいたが、連続殺人事件の容疑者として、逮捕・起訴されたことが、一層小西栄太郎の病状を、悪化させたらしいと、医者が言う。

これで、小西栄太郎に関する殺人容疑の公判は、開かれることなく終幕を迎えてしまった。この後は、連続殺人の容疑だけが残って、その容疑者のまま亡くなったことになる。そして、小西栄太郎は忘れられていくのだろう。

十津川にとっては、奇妙な事件の終わり方だったが、逆に、もう一つの疑問に対して、全力を尽くすことが、出来るようにもなった。それは、八月十日の午前八時から午後一時までの間の亀井刑事に関する問題である。

八月十三日。事件が起きた。いや、正確に言えば、八月十日に起きた事件が、八月十三日になって、発覚したのである。それも、政界を揺るがすような、極めて大きな事件だった。

片山信江（のぶえ）、六十歳が、東京で死体となって発見されたのである。片山総理大臣の夫人である。

総理の片山伸之（のぶゆき）と、片山信江は、共に青森県の生まれである。八月十日午後一時から品川のホテルKで青森県人会のパーティーが、開かれることになっていた。総理の片山伸之は、国際会議に出席のため、急遽パリに出発したので、夫人の片山信江が八月十日の青森県人会には、一人で出席することになった。

午後一時からの、県人会だったが、当日、片山信江は朝早くからホテルに来て、パーティーの用意を指図していた。以前から、青森県人会に出席している人たちは、何人かが、手伝いに来ていたのだが、その中に青森県生まれの亀井刑事も、午前八時には来ていて、いろいろと手伝っていたというのである。

ところが、午前九時頃になって、人々は、片山夫人の姿が見えないことに気が付いて、騒ぎ出した。

しかし、いくら捜しても見つからない。そこで、自然に、午後一時からの県人会は、中止になった。その後、八月十三日まで片山総理夫人は、見つからなかった。

八月十三日の午後。品川のホテルKから羽田空港に向かって、十キロほど離れた場所に、空き家が、あった。空き家というよりも、空きビルである。数か月前から誰も、住んでいない小さなビルで、最近問題になっている典型的な、空き家である。

その地下室から、片山総理夫人の死体が、発見されたのだった。頭を殴られ、首を絞められての窒息死である。

「その死体の傍らに、亀井刑事の名刺が、落ちていたんですよ」

と、十津川は知らされた。

当然、亀井刑事は容疑者として、拘束された。

(犯人の狙いは、これだったのか?)

と、十津川は思った。

八月十日、午前九時前後のアリバイを消すために、犯人は、九州の観光列車に、八時から一三時までわざと、亀井刑事を乗せておいたのではないか。その目的が、これで、分かったような気がした。

当然、亀井刑事はその時間帯、八月十日の八時から一三時まで、九州を走る二つの特急列車に乗っていたと弁明した。

しかし、十津川が予想した通り、証明が、難しいのである。

この時、亀井刑事は、息子を助けたい一心で、犯人の言う通りに、動いていた。とにかく指示された特急列車に乗って、静かにしているのが一番よいと考えて、ほとんど動かずにいた。いつ、犯人から電話がかかってくるか分からないので、駅員や運転士に声をかけることも、なかった。

同じ列車に乗っていた、他の乗客に対しても、である。つまり、亀井刑事は、なるべく目立たないようにしていて挨拶ひとつ交わしていなかったのだ。だから、他の乗客には、亀井の印象は薄かっただろう。それで、列車に乗っていたという証明は難しくなった。亀井を見たと、証言をしてくれる乗客がいないのだ。

どちらも二両編成の特急列車で、三両編成ともなると、車掌も乗るらしいが、二両編成ではワンマンカーである。

したがって、車掌もいなければ、運転士と顔を合わせることもなかったから、亀井刑事が、その列車に乗っていたことを証明するのが、思った以上に難しかった。亀井刑事が乗っていたことを、証明する人が、一人も出てこないのである。

唯一、証明出来るのは、「はやとの風」を終着の鹿児島中央駅で降りた後、駅内のホテルのロビーで、息子の健一を見つけ、駆け寄っていったことである。そのことは、健ホテルの人間も証明出来た。だが、八月十日の一〇時の羽田発鹿児島行きの飛行機に、乗れば、一二時〇五分に、鹿児島空港に着くことが出来るのである。

そうすれば一三時に鹿児島中央駅のホテルのロビーに現れることも可能である。このアリバイも、成立しないのであった。

亀井刑事を殺人容疑で逮捕したのは、地元品川警察署である。すぐ、十津川は説明をしに、品川警察署に行った。本来大抵の事件は、本庁と所轄署で話し合いをして、両方で、考えるのだが、本件に限り、品川警察署の刑事たちは、頑として、十津川の話を、聞こうとはしなかった。

被害者が、現職の総理夫人なので、総理の秘書たちからも、あるいは、官房長官からも、容疑者が刑事でも妥協するなと言われ、逮捕すべき時は、速やかに逮捕しろと発破をかけられているに違いなかった。それだけに、品川警察署の署長も刑事たちも、異常に、張り切っていた。

八月十日には、亀井刑事の十一歳の息子、健一が誘拐されていて、犯人の言う通りに亀井刑事は動いていた。と、十津川が、説明しても、

「それでは、犯人は、八月十日には、どんなことを亀井刑事に、要求したのですか？」

と、質問される。

そうなると、犯人は何も要求しなかった。とにかく、九州の二つの観光列車に乗るように言われ、それに乗った後、息子の健一が、解放されたと、説明すると、

「それは、少しおかしいじゃありませんか？」

と、言われてしまうのである。

「結局、犯人は、何もしなかったんじゃありませんか？　そんなことは、とても信じられない」

と、十津川に食ってかかってくるのだ。

亀井刑事自身も、品川警察署での訊問に対して、事実を、そのまま話したのだが、

「全く信じてもらえません」

と、十津川にこぼした。

たしかに、誰が考えてみても、八月十日の犯人の行動は、誘拐犯としては、不思議な行動だった。誘拐した子供の父親に対して、とにかく九州の二つの観光列車に乗れと指示し、ただ乗っているだけで、誘拐した子供を解放してしまったのである。そこのところが、十津川がいくら説明しても、品川警察署の署長や刑事たちは納得しなかった。

不可解な誘拐。それが犯人の目的だったと、十津川が、いくら説明しても、信じてもらえないのである。

品川警察署では、八月十日の午前中に青森県人会のパーティーの設営を、手伝ってい

た人たちを署に呼んで、亀井刑事の面通しをさせることになった。

十津川や亀井刑事本人は、このことにひそかに期待した。

八月十日に、ホテルKに来ていた亀井刑事は偽者である。本物の亀井刑事とは、全くの別人だと証言してくれれば、冤罪(えんざい)であることが分かってもらえると、考えたからである。

品川署に集まったのは六人だった。いずれも、八月十日の午前中に、県人会の設営を手伝っていた、人たちである。

しかし、六人とも亀井刑事を見て、間違いなく、あの時一緒にいた亀井刑事であると、証言したのである。声の調子についても、六人は、よく似ていると証言した。

次は名刺だった。片山総理夫人の死体と一緒に、発見された亀井刑事の名刺である。その名刺の作りが、違っていれば、誤認逮捕を証明出来るのだが、調べると、それは、亀井刑事がいつも使っている名刺にそっくりだった。たぶん犯人は、名刺を自分で、作ったのではなく、亀井刑事が、配った名刺の一枚を手に入れたのだろう。

十津川は、少しずつ、追い詰められていくのを感じた。急遽、三上刑事部長の要請で捜査会議が開かれ、その席で、三上が大声を発した。

「亀井刑事は、殺人事件の容疑者、しかも、総理夫人を殺した容疑者として、逮捕されたまま、取り戻せないじゃないか。どうするつもりかね？」

「亀井刑事は、犯人じゃありません。第一、総理夫人を殺す動機はありませんよ」

十津川が言うと、

「そんなことは分かっている。問題は、犯人じゃないことを証明して、亀井刑事を、釈放させることが、出来るかどうかということだ。それが出来なければ、このまま亀井刑事は、犯人として起訴されてしまうぞ」

三上がまた、大声を出した。

この事件は、何しろ、総理夫人が殺されたというので、新聞の第一面を飾り、次に、容疑者として警視庁捜査一課の刑事が、逮捕されたということで、連日第一面を飾ってしまった。

帰国した片山総理は、

「容疑者が、たとえ、警視庁捜査一課の現職の刑事だとしても、今回の事件については、関係なく、真相を、徹底的に究明せよ。刑事だとしても逮捕し、起訴することに、逡巡（しゅんじゅん）してはならん」

と、言い、そのことも新聞ダネになった。

十津川は、片山総理夫人殺人事件を、自分たち警視庁捜査一課に、担当させてもらえるように、嘆願した。

が、それは、却下された。当然かも知れない。何しろ十津川班に所属している一番のベテラン刑事が、この事件の容疑者として逮捕されているのだ。十津川班には、担当させないと考えるのが、当然だろう。

結局、別の捜査班が、この事件を捜査することになったが、亀井刑事は容疑者として逮捕されたまま、釈放されなかった。

十津川は、三上刑事部長に、頼んで、八月二日の誘拐事件についても、新しい捜査班に捜査してもらうことにした。八月二日、間違いなく、亀井刑事の息子、健一、十一歳が九州で、誘拐されたのである。

小西栄太郎の公判で証拠品になっている手紙を奪って来ることを、犯人が、要求した。この件については、犯人の言葉も、録音されている。

さらに、緒方検事の証言、あるいは、鉄棒で殴られて負傷した吉田刑事の証言もあって、一応、誘拐事件があったことは、証明されていたが、八月十日の件については、相変わらず十津川の証言は、信用されなかった。あまりにも、普通の誘拐事件と犯人の行動が、かけ離れていたからである。

十津川は、どうやって亀井刑事を救い出すか、刑事たちを、集めて意見を聞いた。

「今のままでは、亀井刑事を釈放させるのは、難しいと思います」

と、日下刑事が言った。

「とにかく、殺されたのが片山総理夫人ですから、そう簡単には、釈放されないと思います。そうなると、方向としては、一つしか考えられません。八月二日に、九州の観光列車の中から、誘拐された、亀井刑事の息子の健一君。この誘拐犯人を、逮捕出来れば、我々の証言が、正しいことが分かりますから、亀井刑事は、釈放されると思います」

「とにかく、誘拐犯を、捕まえる。そこから突破口を見つけ出そう」

と、十津川は言った。

誘拐犯について、誘拐された十一歳の健一が証言している。大柄な女性が二人いたというが、その二人は、おそらく、男性が女性の格好をしていたのだろうと、十津川は、見ていた。

もう一つは、健一が乗せられていたという車である。

ベッドが三つあり、シャワー、トイレ、キッチンなどが付いていたし、ソファーのある小さな居間も付いていたというから、かなり大きな車である。まずは、その車を見つけ出すことから始めようと、十津川が、刑事たちに言った。

十津川はまず、そうした車を専門に扱っているディーラーに行き、健一が証言した車内の様子から、どんな車が、考えられるか、出来れば、その車の設計図を、描いてほしいと頼んだ。問題なのは、健一が外からその車を見ていないことである。

ディーラーの担当者は、さまざまな車の設計図を、見せてくれた。そのディーラーでは、もともと専門の車を、販売しているが、改造もしていると言う。

そこで、十津川は、ディーラーの担当者に健一の証言を基にして、大体の設計図を、描いてもらった。

出来上がった設計図を、見ながら、ディーラーの担当者が言った。

「これは、国産車を、改造したものじゃありませんね。おそらく、アメ車でしょう。アメ車を改造してキャンピングカーにしたか、あるいは、改造された車を、購入したのではないかと考えます。ベッドが三つ、その他にソファーがある居間が付いていたと言いますから、改造すれば、そこにも、ベッドが、二つは置けるでしょう。ですから、五～六人は乗れるような、大きな車だと、思います」

そこで、十津川は、設計図を何枚もコピーして、九州の長崎・熊本、そして、鹿児島の、各県警に依頼して、最近こうした車を見たことがないかを調べてもらうことにした。現場を九州にしたのは、九州を走っていた観光列車から健一が誘拐されて、一週間ほど、車内に閉じ込められて、いたからである。少なくとも、長崎―佐世保間を走っている「或る列車」、熊本から吉松まで走った「いさぶろう一号」、そして、吉松から鹿児島中央までの「はやとの風一号」、おそらくその観光列車の近くを、誘拐された健一を乗せた車が、走っていたに違いないと考えたからである。

3

三日目に、結果が出た。

熊本市内のガソリンスタンドで、それらしい、大型の改造車に給油したという証言がもたらされたのだ。

十津川は、すぐ、日下刑事を連れて、熊本に急行した。

熊本空港に待っていてくれた熊本県警の刑事が、市内のガソリンスタンドまで案内してくれた。

熊本駅近くの店だった。

三人いる店員の一人が、アメ車の写真を、十津川に見せて、

「これと同じ車でした。ダッジというアメリカのブランドで、一番売れている車ですよ。運転手一人を含めて、五人から七人の定員」

「それで、乗っていた人間は、分かりましたか？」

「私たちが応対していたのは運転手で、大柄な女性でしたよ。他にも、何人か乗っていたみたいだけど、外には、誰も出て来ませんでしたね」

「運転手だけど、男みたいに見えませんでしたか？」

と、十津川が聞くと、店員は笑った。

「そう言われれば、声が野太かったな。男かも知れないですね」

「ナンバーを見ましたか？」

「東京ナンバーだったけど、あのナンバーは当てになりません」

「どうしてですか？」

「プレートのまわりが汚れているのに、プレートだけ、いやにきれいでしたからね。たぶん、うちで給油する直前に、プレートを取り替えたんだと思います」

と、店員が言った。

それでも、十津川は、そのナンバーを聞いて、手帳に書き留めた。

「ここに、その車が来たのは、八月十日ですね？」

と、十津川が改めて聞いた。

「そうです。八月十日の午前八時ちょうどでしたね」

と、店員が言う。

十津川は、計算した。

八月十日、熊本発、吉松行きの「いさぶろう一号」に、亀井は乗った。いや、犯人に乗れと、命令されている。

時刻は、午前八時三一分発の特急である。その三十一分前の、午前八時に、犯人が乗っていたと思われる車は、熊本市内の駅近くのガソリンスタンドで、給油をしていたのである。

「給油には、何分ぐらいかかったんですか？」

と、十津川が聞いた。

「そうですね。支払いまで入れて、十二、三分ぐらいでしたね」

それが、返事だった。

「それで、車は、すぐに発車した？」

「そうです」

「どちらの方向にです？」

「八代の方向です」

（OKだ）

と、十津川は思った。

八月十日、亀井が乗った特急「いさぶろう一号」は、まず八代に向かって走るからである。

「その他、車について何か覚えていることがあれば、どんなことでもいいから、話して下さい」

と、十津川が言った。

三人の店員が話し合ってから、十津川に、答えてくれた。

「猫がいましたよ」

「猫ですか」

「まだ子猫で、運転手の女が抱いていましたが、そのうちに、車の奥の方に消えてしまいました」

「何という猫ですか？」

「私は猫好きなんですが、その猫は今まで、見たこともない種類だと思ったので、運転手に聞いたら、シンガプーラだと、そう言っていましたね」

「シンガプーラですか？」

「ええ、そうです。あとで調べたら、シンガポールで、最近発見された種類で、成猫になっても、世界で一番小さいそうですよ。子猫は、二十万円近くする、希少種だと知りました」

「運転手は、その子猫の名前を呼んでいましたか？」

「ええと、何と言ってたかな。ああ、たしかパトラと呼んでいましたよ」

「ああ、クレオパトラのパトラね。とすると、メスなんだ」

「そうですね。そう言われれば、メスの名前ですかね」

「運転手の女性は、可愛がっているように見えましたか？」

と、日下刑事が聞いた。

彼も、猫を飼っていた。といっても、雑種で、拾った猫である。

「いや、車の奥から呼ばれて、消えてしまいましたから、全員で飼っているんじゃありませんか」

と、店員が言う。

「もう一度確認しますが、種類はシンガプーラで、名前はパトラですね。間違いありませんね？」

「ええ、間違いありませんよ。運転手の女性は、自分の携帯に、子猫の写真を入れていました」

と、店員は言った。

十津川は、熊本駅に行き、構内の本屋で、猫の写真集を買った。シンガプーラという猫のことを、自分で確かめておきたかったからである。

毛が短く、アビシニアンに似ていると思った。

（シンガポールで発見され、アメリカ人が、育て上げて、人気が出た。世界一小さい猫と言われている）

これがシンガプーラの説明だった。最近、発見された種類なので、シャムやアビシニアンのように、一般的ではないとも、そこには、書いてあった。

十津川は、部下の刑事たちにも、このシンガプーラの猫を、覚えさせることにした。犯人を見つけるのに、一つの目印になるかも知れないと、思ったからである。

4

十津川は、いったん、東京に戻った。

亀井の様子は、弁護士から聞くことが出来た。井村という弁護士である。

「亀井刑事は、根気よく、九州の『或る列車』から、息子の健一君が誘拐された時のことを説明しているようですが、所轄署の刑事たちは、いっこうに信じてくれないと、口惜しがっていました」

と、井村弁護士が、十津川に話してくれた。

片山総理夫人殺人事件の捜査は、品川署の小野班の担当になってしまったが、それでも、小野警部は、十津川の同期だったから、夜になってから、捜査の様子を、携帯で知らせてくれた。

「今、殺された片山総理夫人について、どんな女性だったのかを、調べている」

と、小野が言う。

「総理より二歳年上で、それに、父親は青森県知事だったから、片山総理は、頭の上がらないところがあったらしい」

「しかし、片山総理夫妻の間が、うまく行っていなかったという話は、何もないんだろう？」

と、十津川が聞いた。

「総理夫妻は、一応、仲の良い夫婦と言われていたが、実際は、夫婦関係が冷えきっていると、言われている。夫人の方が、片山総理に対して、命令するようなところもあったらしい。特に、外交問題では、夫人が総理に、あれこれと指図することもあったらしい。何しろ、夫人の兄さんの柴田信一郎は、外務大臣になったことがあったくらいの人だったからね」

「しかし、その人は、もう亡くなっているんじゃないか？」

「ああ、一年ほど前に亡くなっているが、何と言っても、外務省内に、一つの派閥を創ったという、力のあった人だからね。存命中は、外交については、片山総理でも簡単に、指導力を発揮出来ず、なにかとアドバイスしていたらしいんだ。だから、そんな様子を夫人も目にしていたから、外交については、夫人にも頭が上がらないことがあったらしい。それに片山夫妻には、子供がいないから、夫人は暇を持て余しているんだよ。いずれは、亡き兄、柴田信一郎の息子、つまり甥を養子にして、片山総理の地盤を引き継がせようと、画策していると噂されているんだ」

「あまりいいことじゃないね。日本の外交に、奥さんが口を出すというのは」

「だが、一か月前までは、そんな状態が続いていて、片山総理が、かんしゃくを起こすこともあったらしい」

「総理の秘書たちは、どう思っているんだ？」

「とにかく、二十人近い秘書が、いるからね。全く口を挟まない秘書もいたし、時々、忠告をする秘書もいたらしい」

「そういうことを、総理は、一体どう思っていたのかね？　うるさいと思っていたのか、それとも、忠告をありがたいと、思っていたのか？」

「そこが、まだよく分からないんだ。片山総理は、平気で嘘をつくことがあるみたいだからね」

「そんなふうには見えないがね。嘘をつくことがあるのか？」

「中には、片山総理のことを、策士だと言う人もいるね。一見、直情型だが、自分の敵に対して、わざと自分の方から近づいていって、味方のふりをして、倒してしまうのを、何回も見たと言う人もいるんだ」

「そういう人の秘書というのも、大変なんじゃないのか？」

「いや、それがそうでもないらしい。片山総理の信頼を得てしまえば、安心だという人も多いんだ。ただ、片山総理は、信頼を簡単に消してしまうようなところもあるからね。安心しきっていると、突然、足をすくわれ、首を切られる心配もあるんだそうだ」

「何やら、片山総理に仕えるというのも、大変だね」

「いや、今も言ったように、片山総理のふところに、うまく飛び込んでしまえば、大丈夫だよ」

「総理のふところに飛び込むことに、成功した人間はいるのか？」

「何人かいるらしい」

「具体的に、君は、そんな奴の名前が、分かっているのか？」

「一応、分かっているつもりだがね」

「その名前を、教えてくれ」

と、十津川が言った。

「残念ながら、ノーだ」

「どうして？」

「私の出世のネタだからね。いくら同期の君でも、それは教えられないよ」

と、小野が笑った。

「そんな噂のある連中まで、調べているんだろうか？」

「さあ、どうかな。今のところは、逮捕した亀井刑事について、調べている段階だと思うがね」

　と、小野が言った。

　何となく、他人事のような喋り方だった。やはり、小野にしても、警視庁の仲間を容疑者として、調べるというのは、楽しくはないはずである。

「もう一つ、気になるのは、本当の犯人のことなんだ。八月十日の青森県人会の準備中に、何人かが、手伝っていた。その中に、亀井刑事がいたと、全員が、証言している。その証言の信憑性についても、調べているんだろうね？」

　と、十津川が聞いた。

「もちろん、六人全員が証人だから、当たっているよ。残念ながら、全員が、亀井刑事の写真を見て、間違いなく、同一人物だと、そう証言している。首を傾げるような人間は、一人もいないんだ」

「亀井刑事本人にも、面通しをしたんだろう？」

「六人全員に、亀井刑事本人を面通しさせているが、間違いなく、八月十日に一緒にパーティーの準備を手伝った人だと、証言している」

「証言をしている、その六人の名前を、教えてくれないか？」

「残念ながら、それは、禁止されている。亀井刑事の関係者には、六人の名前は教えるなと、言われている」

「六人には、絶対に、危害を加えたりしない。誓うよ」

と、十津川が言った。

「そういう話になっていくから、禁止なんだよ。もし、六人の一人が、誰かに殴られて負傷でもしたら、まっさきに疑われるのは、君たちだ。仲間の亀井刑事を助けたくて、証人の一人を襲ったに違いないと、そういうことでね。そして、六人の名前を教えた私も、非難される」

と、小野が言った。

「六人は、普通の一般人なのか？」

と、十津川が聞いた。

「まさか、そんなはずはないだろう。青森県人会の手伝いをしている人たちだからね。特に、総理夫妻が主催する県人会だからということで、六人とも、自主的に、早くやって来て、準備を手伝っていたと、言われている」

「そうすると、片山総理か、あるいは、片山夫人のファンというか、二人に近い人ということだね？」

「そういう際どい質問には、答えられないな」

と、言って、小野が笑った。

「君は、亀井刑事のことを助けたくはないのか？」

「個人的な感情に立ち入るのは、捜査で一番危険なことだと、上司に教えられている」

「参ったな」

一瞬の無言があってから、

「実は、片山総理ファンクラブというのがある」

と、小野が言った。

「そんなものがあるのか」

「ある。市販はされていないが、そのファンクラブの名簿を、たまたま、私は一冊持っているので、特別に、それを君にプレゼントするよ」

それだけ言って、小野は、電話を切ってしまった。

5

翌日、「片山総理ファンクラブ」の名簿が送られてきた。

よく見ると、最初の会の名前は「片山先生を総理大臣にする会」になっていて、それが、片山総理が誕生した今は、「片山総理ファンクラブ」になっているのである。

その中には、当然、「青森県人会」の会員も入っていた。

「やたらに多いな」

と、十津川は顔をしかめた。

そこに書かれた名前だけでも、ゆうに五百人近い。

「五百人全員を調べていたら、年齢を取ってしまう」

と、顔をしかめているうちに、その顔に、笑いが浮かんできた。眼を凝らすと、分からないくらいの、小さな丸が、五百人のうちの何人かの名前の頭に、付いているのを見つけたのだ。

数えてみると、その丸の数は、全部で六つだった。

小野警部が十津川のために、それとなく、六人の名前に、印を付けてくれていたのだ。

つい、十津川は、ニヤッと笑ってしまった。慌ててボールペンを取って、その六人の名前を書き出していった。

秋山　実

池田裕介

海原献一郎

工藤夏彦

佐野愛美

杉本ひろ子

これが、六人の名前だった。男四人と、女二人である。

全員の現住所は、東京都内になっていたが、もちろん生まれたのは、六人全員が青森なのだろう。これだけでは、年齢も職業も分からない。

しかし、逆に、十津川が知りたいのは、この六人の年齢と職業である。

迷った末、十津川は現在、私立探偵をやっている橋本豊を、夕食に誘った。別に何も言わずに誘ったのだが、西新宿の中華料理の店で会うと、橋本は、

「亀井刑事のことで、私を呼ばれたんでしょう？」

と、言った。

「分かるかね？」

「新聞に載っている記事を見れば、だいたいの情況は、想像がつきますよ。上から、亀井刑事を助けるなと、釘を刺されているんでしょう？」

「だいたい当たりだ。だが、私としては、何としてでも、亀井刑事を助けたい。しかし、動きが取れない」

「今、警部は、一番、何をされたいのですか？」

「亀井刑事が、八月十日、品川のホテルで青森県人会があった時に参加したと、証言し

ている六人の男女がいる。この六人が、どんな人たちなのかを知りたいのだが、私が直接、動くことは許されていないんだ」

「その六人のことを、私が調べればいいんですね？」

「そうだ。君以外には、それを頼めないんだ。私が、この六人について、調べることは、絶対に秘密にしておきたいんだよ。亀井刑事に関係する捜査は、禁止されているからね」

十津川は、六人の名前を書いた手帳を、橋本に見せた。

「この六人ですか。全員、住所が東京ですから、おそらく、調べるのは、さほど難しくはありませんね」

と、橋本が言う。

十津川は、これで、橋本が引き受けてくれたものとして、

「調査料の請求は、私個人にしてくれたらいい。いや、私の奥さんの方がいいかな」

と、言った。

十津川は、少しばかり、ホッとした表情になっていた。

第五章　二つの力

1

一週間後に、橋本から、調査が終わったという知らせが入ったので、十津川は、捜査本部の近くのカフェで、会うことにした。

「例の六人ですが、全員が『山の会』に入っています」

と、橋本が言う。

「『山の会』って?」

「片山総理の名前から取って『山の会』と言い、青森県から上京してきたが、生活に困った連中が助けを求める、いわば県民の会の互助会みたいな所で、池田裕介、この人は年齢六十歳で一応成功しているので、『山の会』の理事長をやっています」

「なるほど」

「人材派遣会社の社長です。あと二人の男、海原献一郎と工藤夏彦の二人は、この人材派遣会社で働いています。それから女性二人ですが、一人は二十代の独身で、秋山実が経営している『マウンテン』という名前の四谷にあるカフェで働いています。六人とも『山の会』の会員です。もう一人は美容学校の校長だそうです」

「それで、亡くなった総理夫人は、この『山の会』とどういう関係が、あるんだ？　当然、『山の会』のオーナーになっているんじゃないのか？」

と、十津川が聞いた。

「いえ、片山夫人の方は『山の会』には入っていません」

「どうして入っていないんだ？」

「もともと、片山夫人の方は、青森の資産家の娘に生まれています。資産家というだけではなくて、父親は、青森県の元知事、その弟も元県会議員で、片山夫人の家系の方は青森県の財界と政界に重きをなしていました。それに対して片山総理の方は、平凡なサラリーマンの家庭に、生まれています。中学、高校と地元の学校を卒業していますが、その頃から聡明（そうめい）だという噂が立っていました。東京の国立大学に入り、その後、夫人の父親、青森県の知事だった父親が片山総理に目を付けて、自分の秘書としています。これが、片山総理の政界入りの第一歩になっています。噂では当時から総理夫人の片山信江、当時は柴田信江ですが、早くからその将来性に目を付けて、父親に政界に入れるように勧めていたと言われています」

「つまり、現在の片山総理があるのは、青森の政財界を牛耳っていた夫人の柴田家の援助があってこそと、そういうことか」

「もちろん、片山総理の個人的な能力があったわけですが、青森県の中では、やはりどうしても信江夫人や一族のバックアップのおかげで総理になれた、という声があることは、否定出来ないと言われています」

「それに対して、総理の周辺には反発もあるわけだな」

「そうですね。今、申し上げた『山の会』の人たちの間では特に強く、反発しているところがあったようですね」

「片山総理夫人は、どうして『山の会』に入っていなかったんだ？」

「どうも、夫人の周辺には『山の会』に対して、貧乏人の集まりみたいに言って馬鹿にしているような感じがあったようです。とにかく信江夫人の家系は、今も昔も青森県の政財界に影響力を持ち続けてきましたから、『山の会』のような、人助けの会を馬鹿にしていたんだと思いますね。何しろ、元外務大臣の柴田信一郎さんも、信江夫人のお兄さんですから」

　と、橋本が話す。

「なるほど。夫人の方は政界のエリート一族で、総理の方は叩き上げで苦労してきたということか」

「そうです。これも噂ですが、夫婦間でも夫人の方が強かったみたいですね。そうした夫婦間の関係を、『山の会』の人たちは面白いとは見ていなかったと思います。総理夫人が、さまざまなことに口を出すことに対して、面白くなかったと思います」

「我々としては、いかにして亀井刑事を助け出すかなんだが、最初に亀井刑事の長男、健一君が誘拐されたが、この件について『山の会』なども絡んでいるのかな？」

「『鷹の羽会』というのがあります」

と、橋本が言った。

「どんな会なんだ？」

「総理夫人の柴田家の家紋が、鷹の羽なんです。鳥の鷹の羽です。それで『鷹の羽会』という会を作っていましたが、信江さんが、総理夫人になると、他の県でも、家紋が鷹の羽の家の人は、この会に、入会するようになってきました。そのため、中央政界でも馬鹿に出来ない力を持つようになっています」

「片山総理は『鷹の羽会』に入っているのか？」

「夫人は、総理に『鷹の羽会』への入会を勧めていたようですが、総理自身は、自分の家の家紋は鷹の羽ではない。それに、あまりにもこういう会が強くなると、日本のためにも良くないといって、入ってはいないようです」

「ところで、亡くなった小西栄太郎は、どちらの会に入っていたんだ？」

「小西家の家紋も、鷹の羽ですから、当然『鷹の羽会』です」

「そうなると、何としてでも、小西栄太郎を助けたいというのは、総理夫人の方ということになるね」

十津川は、内心、苦笑しながら、喋っていた。そんな眼で、事件を見たことは、なかったからである。

橋本は、総理夫妻には、それぞれに後援会があることを調べてくれた。まず、その橋本の意見を聞きたかったのだ。

橋本は、少し考えてから、

「小西栄太郎の件については、総理はもともと、弁護する気はなかったようなのです。何しろ、あんな事件ですからね。ところが、夫人の方は、同じ『鷹の羽会』の人間だから、何とか助けたいと思っていました。だからといって、夫人が誘拐を企んだとは思いません。今はやりの忖度（そんたく）を『鷹の羽会』の一人がして、あんな誘拐事件を起こしたんじゃないかと思います」

「その点は同感だ。問題は、そのあとだよ」

「小西栄太郎の病状が悪化して、公判が延期になり、手紙も処分したので、人質の健一す」

君も必要なくなりました。ただ、要らなくなっただけでなく、処置に困ったと思いま

「だから、犯人がどうしたかだ」

十津川は、少し、いら立っていた。

「私には、思いもつきませんが」

と、橋本が、肩をすくめる。

「健一君を誘拐したのが『鷹の羽会』の人間だったとして、考えてみよう」

と、十津川が言った。

「人質は不要になった。というより、邪魔になった。そうなって犯人は、どうしたか？」

十津川は、自問自答していく。

（しかし、人質を、黙って返すわけにはいかないだろう。何しろ、人質は、十一歳になっているからだ。証言能力があるのだ）

そこで、どうするか？

（犯人が『鷹の羽会』の人間なら、まず対抗意識を持っている『山の会』のことを考えたに違いない）

そのあと考えるのは、『山の会』に罪を押しつけることだろう。罪の証拠の亀井健一を押しつけることだ。

（キャンピングカーだ）

やっと、最初の答えが見つかった。

健一は、大きな改造車に閉じ込められていたと証言している。

ガソリンスタンドの店員たちの証言から、アメ車ダッジを改造したキャンピングカーだと、分かっている。

もし、キャンピングカーの持ち主が「山の会」の会員だったら、健一を誘拐した「鷹の羽会」の犯人は、最初は健一をトランクの中に閉じ込めておいて、その後、キャンピングカーに押し込んだのではないか？

犯人としては、「山の会」の会員を困らせてやろうという気持ちもあっての行動だった。が、トランクの中の健一を発見した「山の会」の会員は、たぶんすぐに「鷹の羽会」の仕業だと気がついたのだ。

そこで、彼らは、健一を、別の犯罪に利用することを考えたに違いない。会員の中に、亀井刑事そっくりの男がいることを利用して、「鷹の羽会」の親玉、片山夫人を殺して、その犯人を亀井刑事にする計画を、である。

（この推理に、まず誤りはないだろう）

これが、十津川の下した結論だった。

「ところで、『山の会』には、どのくらいの会員がいるんだ？」

と、十津川が、橋本に聞いた。

「十万人と言われていますが、正確な会員数は、分かりません。片山総理の意向で、青森県生まれの人間なら、誰でも入れるし、助けを求めることが出来ると言われていま す」

「その会員の中に、今言ったように、亀井刑事に似た男がいたらしいんだが、そのことについて何か情報はないのか？」

と、十津川が聞いた。

「東京に住んでいる会員が開いた『山の会』の会合の時に撮った写真を、何枚かコピーしてもらってきました。その中の一枚に、亀井刑事によく似た男が写っています」

そう言って、写真を、橋本が見せた。

十五、六人が、一緒に写っている写真である。たしかに、その中に亀井刑事によく似た顔の男が写っている。

「この男の名前は、分からないのか？」

と、十津川が聞いた。

「それが、分からないのです。特に問題の六人ですが、この六人に聞くと、全員が亀井刑事だと言います」

と、橋本が言った。

「これから先は、私がやる。君には礼を言う。調査料は、すぐに私宛てに請求してくれ」

と、十津川が言った。

2

十津川は、六人の中で資産家であり、「山の会」の理事長もやっているという、池田裕介に狙いを決めた。いつもならば亀井刑事を連れて行くのだが、彼は、依然として容疑者で、逮捕されたままである。そこで、十津川は、若い日下刑事を、同行させた。

会社名は「山の会人材派遣会社」となっていた。四谷に本社があり、そこで十津川は、社長の池田裕介に会った。池田は笑顔で十津川を迎えた。

「『山の会』というのは、片山総理が会長になっている、青森県の人たちの集まりだそうですね」

と、十津川が言った。

「そうなんですよ。私の所でも、一応日本中から人材を、集めていますが、それでも、どうしても青森県の人間が多くなってしまいます。ところが、このことが会社を大きくする要因になりました。青森の人間というと、素朴で人が良くて、辛抱強いですから、派遣した先で評判が良いんです。これも青森県人の気質の良さゆえだと思って、青森県に生まれたことを、誇りに思っていますよ」

と、池田が言う。

「青森県の人間なら、誰でも入れるんですか?」

「もちろん、入れます」

「この写真ですが」

と、亀井刑事によく似た男が、写っている写真を、池田の前に置いた。

「ここに写っているこの人、この人の名前は分かりませんか?」

十津川が聞くと、池田が笑って、

「その人は亀井刑事さんですよ。よくご存じじゃありませんか。今ちょっと問題を起こしていますけどね。彼も青森県人ですから、『山の会』に入っています」

「池田さんは、この亀井刑事と、話をしたことがありますか?」

日下刑事が聞いた。

「そうですね。二、三回は、話をしていますよ。同じ『山の会』の人間ですから。まあ、会員の中で現役の刑事さんというのは、珍しいんですが」

と、にこにこ笑いながら言うのだ。

「それが今度、殺人容疑で逮捕されました。事件が起きたのは、青森県人会の日ですよね。八月十日その日に、亀井刑事も皆さんと一緒にホテルで、県人会の準備をしていた。

そうですね？」

「その通りです。六人に亀井さんを交えて、七人ですか。それで、会の準備をしていました」

「そうしたら、総理夫人が、いなくなってしまった？」

「そうなんです。まあ、信江夫人は別に会の準備を、自分で、手を下して一緒に働いていたわけじゃなくて、青森県で言えば資産家の娘さんでエリートとして育てられたわけですからね。私たちにあれこれ命令はしますが、自分で机や椅子を運ぶようなことはしません。だから、会場からいなくなっても最初は、気がつかなかったんですよ」

と言った。

「どうして、総理夫人を殺した犯人が、亀井刑事と、思われているんですかね。我々としては、亀井刑事は、そんなことはしない。そう信じているのですが」

「私だって、亀井さんが、殺人を犯すなんて考えてもいませんでしたよ。しかし八月十日、我々は、現場で準備をしていたんですが、その時、現場から姿を消したのは、総理夫人と亀井刑事の二人だけだったのです。そのことを品川警察署の刑事さんに、言いました。そうしたらこんなことになって、我々も、びっくりしているんです。今だって、亀井刑事が信江夫人を殺したなんて、全く考えていませんよ」

「しかし、どうして、亀井刑事が総理夫人を殺したと、言われているんでしょうか？」

「それはたぶん、総理夫人の方に、原因があるんじゃないかと思いますね。総理夫人の柴田家ですが、青森では、名門で資産家。青森県の政財界に重きをなしています。夫人は自分が有力者に頼んで回り、そのおかげで片山総理が生まれたのだと、何かにつけて自慢する人でした。秘書の中には、あれでは、総理は息がつまるだろうと、陰で言う人もいます。私も、そうした感じを受けていました。故事に言うじゃありませんか。女性が口出しすると、国を誤ると。そんな感じを受けていました。特に、亀井さんは社会の秩序を保つ、それが仕事の刑事さんですからね。どうしても、総理夫人の言動に対して腹を立てていたんじゃないかと思いますね。それで、カッとして殺してしまった。たぶん、亀井さんには、個人的な恨みなど、なかったと思いますよ。現在の政界を正しい方向に持っていく、それには、片山夫人の存在が問題になっている。そうした正義感から夫人を殺したんだと、我々は思っています。ですから、『山の会』としては、減刑の嘆願書を出そうと思っているのです」

と、池田が言った。

「この亀井刑事の経歴は、ここで分かりますか？」

十津川がわざと聞くと、池田は、笑って、

「それは、私なんかよりも、そちらの方が詳しいんじゃありませんか。何しろ、二十年間警視庁捜査一課で、働いていて、今でも現職の刑事さんなんですから。私の方は、ただ単に青森県人で、『山の会』に入っている、それだけのことしか、分かりませんよ」

と、突き放すように言った。

「『鷹の羽会』と『山の会』、この二つの会の規約みたいなものはありますか？」

十津川が聞くと、

「もちろん、ありますよ」

池田は、机の引き出しから二つの会の規約を書いたパンフレットを、十津川に渡した。

「『鷹の羽会』というのは、亡くなった片山総理夫人が音頭を取って作っていました。そして『山の会』の方は、総理が青森県の人たち、特に東京に出てきた人たちが困った時には、助けられるようにとして作った、そういう会ですね？」

「そうですよ。したがって、二つの会は、発足の趣旨が違います。『鷹の羽会』の方は、名門の人たちが集まっています。それから政財界の有力者の中で、家紋が鷹の羽の人たちが集まっています。つまり、権力者たちの集まりです。その点、『山の会』の方は、誰でも入れます。特に、上京したが生活に困っている青森県生まれの人たちが、入って来ます。その人たちを、片山総理に代わって、私たちが助ける。『山の会』というのは、そういう庶民的な会です」

「それでは、二つの会の間に、交流はあるんですか？」

「交流はありませんね。とにかく『鷹の羽会』をやっている人たちは、『山の会』の私たちを馬鹿にしていましたから」

と、池田が言った。その顔に笑いは、なかった。

3

十津川は、池田裕介以外の五人の人間についても、部下の刑事たちに指示して、調べさせた。

三田村刑事と、北条早苗刑事の二人を、佐野愛美が働いているカフェに、調べに行かせた。そこにあったのは「マウンテン」と名前が出ている、かなり大きなカフェだった。東京都内に、同じ「マウンテン」は、三軒あるという。

刑事たちは、ウエイトレスの二十代の佐野愛美に話を聞くことにした。

「佐野さんは、『山の会』の会員ですよね？」

三田村が、まず聞いた。佐野愛美はうなずいて、

「ええ、青森県の出身ですから」

「『山の会』というのは、前から知っていましたか？」

と、北条早苗刑事が聞いた。

「最初は知りませんでした。青森県の生まれで、上京してきて最初はコンビニなんかで

働いていたんですけど、とにかく仕事がしんどくて困っていた時に『山の会』の存在を知ったんです。青森県出身で何か困ったことがあったら、相談に来なさいというパンフレットも見たので、『山の会』に行って、紹介されたこのカフェで、働くようになりました」

と、佐野愛美が言った。

「八月十日の青森県人会のことなんですが、佐野さんは、ホテルに行って、会の準備をしていたんですね。他に五人いた。いや、六人いましたね。現職の亀井刑事というのが一緒だった？」

「ええ、そうです。それに、総理夫人も来ていらっしゃいました」

「亀井刑事のことは、前から知っていましたか？『山の会』の中に、現職の刑事がいることは、知っていましたか？」

「いいえ。『山の会』では、自分のプライバシーについて、いちいち明らかにしなくてもいいことになっています。それに、亀井さんも、自分から刑事であることを喋ることはなかったです。私は逆に、お喋りばかりしていますけど」

と、佐野愛美は笑った。

「八月十日ですが、ホテルで県人会の準備をしている時、総理夫人もいたんですね？」

「いらっしゃいました」

「会の準備をしている時、夫人と何か話しましたか？」

「いいえ。ほとんど話をしていません。総理夫人はホテルのオーナーなんかと話をしていました」

「亀井刑事とはどうですか？　話をしませんでしたか？」

「今も言ったように、『山の会』では、あまりプライベートなことは、話す必要がないと、言われているんです。ですから、事件が起きてから初めて、亀井さんは、現職の警視庁刑事だと知ったくらいです」

「細かいことを聞きますが、皆さんはホテルに何時頃集まって、会の準備を、始められたんですか？」

早苗が、聞いた。

「午前八時です」

「八時きっかりというのは、どうしてですか？」

「午前八時に集まるように、言われていたからです。その時間から準備を始めないと間に合わないと言われて、私の他に、五人、全部で七人の人が、集まっていました。あ、その他に総理夫人もです」

と言った。

「その時、亀井刑事も、いたわけですね？」

「ええ、いたはずです。それが、いつの間にか総理夫人がいなくなって、亀井さんも、姿が見えなくなったんです」

「それについて、おかしいなとは、思いましたか？」

「いえ、総理夫人はもともと指図だけで、ホテルでの準備なんかは、ほとんどやっていらっしゃいませんでしたから、急用が出来て、退席されたんだなと思って、別に不思議にも思いませんでした」

「亀井刑事の方はどうですか？」

「ああ、一人人数が、足りないな、とは思っていました。それだけです」

刑事たちは、この「マウンテン」のオーナーでもある秋山実に、会った。会ってまず、聞いたのは、

「『山の会』は、全員で十万人ぐらいの会員がいるという話なんですが、この数字は、間違いありませんか？」

「間違いないと言えば言えるんですが、『山の会』に入会するのも脱会するのも自由ですから。会員として、登録している人もいますが、たまたま青森県人だったので、入ってみたという人もいます。会費も取っていませんし、規則も厳しいものではありません。何年も、姿を見せない幽霊会員もいますしね」

と、秋山は曖昧な話をする。

「我々としては、亀井刑事のことが引っかかるんですが、彼は『山の会』の正式な会員ですか?」

　三田村が聞いた。

「それは分かりません。会員になるもならないも自由ですから。何か青森県人会があったりすると、手伝いに、集まってきたりするんです。八月十日もそうでした。私も含めて七人、ホテルに行っていましたね。その中に、たまたま亀井さんもいたということです」

「『山の会』というのは、どんな時に、集まるんですか?」

「今も言ったように、青森県人会のある日なんかには、私もお手伝いに行っています」

「その他には?」

「助けを求めて来た人たちがいる時には、余裕のある人たちに呼びかけて、集まってもらうこともあります」

「ここに、亀井刑事が、写っている写真があるんです。何の会だったか、分かりますか?」

　と、三田村刑事が写真を見せて、

「この集まりですが、何月何日という正確な日にちは、分かりませんか?」

「いや、今も言ったように、『山の会』というのは、集まりが自由ですから。たまたま、集まりがあるのを知って出席した人もいるでしょうし。写真を見ると、かなり昔のもののようなので、ちょっと、この会のことを、記録した物はないと思いますね」

と、秋山が言った。

「もう一つ聞きますが、秋山さんは『山の会』に現職の刑事の亀井さんが、入っていることは、知っていましたか？」

「いや、全く、知りませんでした。何万人も会員がいますから、誰がどんな仕事をしているとか、どこに住んでいるとか、そういうことは全く分からないんです。『山の会』の会報を毎月出していますが、職業は書かなくてもいいことになっていますから」

秋山が言う。

「そうすると、『山の会』の会報は、毎月出すんですね？」

「そうですよ。毎月一日に配っています」

「何部くらい、作るのですか？」

「そんなに多くは作りません。百部くらいですかねえ」

「それを、どんな所に、配るんですか？」

「青森県人がやっている、ここのカフェとか、中華料理店とか、その他、青森県人が集まりそうな所に置かせてもらっています。中にはバーもあれば、まあ、飲食店が一番多いですね」

「毎月一日にこれを配るとして、その時にその月の何日に、会があるということを、当然記載するわけでしょう？　そうでなければ、どうしていいか分かりませんからね」

「そうですね。一応、第二日曜日に集まるようにはなっています」

「集まる場所は、毎月同じですか？」

「いや、同じことはあまりありません。日曜日に、店を開けている所ばかりとは限りませんからね。あ、それからここのカフェでは、今年になって三回、『山の会』の集合場所になっています」

「その時は、何人くらい集まるんですか？」

「さっき刑事さんが、見せてくれた写真のように、集まったとしてもせいぜい十人ぐらいですよ。それでも、良いんです。青森県人にとって何かの助けには、なっていますから」

　秋山は、殊勝なことを言った。

　なかなか、亀井刑事の無実を証明する方法を見つけられない。

4

　十津川は一人で、品川警察署の小野警部に会った。

会うと、小野警部の方からいきなり、

「十津川さん、亀井刑事にとって、まずいことが発見されましたよ」

と言った。

「目撃者ならば、別に、驚きませんよ。誰か亀井刑事によく似た人間を使って、彼を犯人に仕立てあげているわけですから」

「いや、あのホテルで、亀井刑事の指紋が見つかったんですよ。それも、何点もです」

「そんなはずはありませんよ。実際に、亀井刑事は、八月十日には、問題のホテルに行っていないし、青森県人会にも、出ていませんからね」

と、十津川が言った。

「ところが、問題の、県人会が開かれるはずだった部屋ですが、そこに置かれた品物の中に、亀井刑事の指紋が見つかったんです。かなり薄くなってはいましたが、完全に当人の指紋です。私としても出来れば、亀井刑事は無実であってほしいと思っていましたから、ショックを受けています」

と言う。

「具体的に、何から、指紋が検出されたんですか？」

「ホテルの広間で、県人会の準備があったんですが、その時に使った机が、あります。その机のテーブルクロスから亀井刑事の指紋が発見されたんです」

と、小野警部が言う。

「それは、信じられませんね」

「しかし、これは厳然たる、事実ですよ。たしか亀井刑事は、あのホテルには一度も行っていないという話でしたが、それなら、ホテルの、テーブルクロスから、どうして亀井刑事の指紋が見つかったんですか？」

「今すぐ、亀井刑事に会いたいのですが？」

「それは出来ません。上の方から、関係者、特に、十津川さんたちとは面会させるなと、きつく言われています」

と言った。

そこで、十津川は、井村弁護士に亀井刑事の説明を聞いて来てもらうことにした。井村弁護士に会えたのは二日後である。井村は、十津川にこんな話をした。

「指紋の件について、亀井刑事に、話を聞きました。最初は、そんなはずがないと、怒っていましたが、ひょっとしたらあの時に、指紋が付いたのかも知れないと、言いましてね。可能性を一つだけ、私に教えてくれました」

「どんなことを、亀井刑事は言ったんですか？」

「犯人の命令で、八月十日の八時半から一三時まで四時間半、九州の特急列車に乗っていた。椅子に座り、テーブルに、手をついたりしていた。そのテーブルには、綺麗なテーブルクロスが、かかっていた。ですから、そのテーブルクロスには、間違いなく自分の指紋が付いているはずだ。そんなことを、言っていました」

「他に、亀井刑事は、何か言っていませんでしたか？」

「テーブルクロスですが、他の座席にはテーブルクロスが、かかっていなかったとしても、私は、最初に座った所からずっと動きませんでしたから、その座席だけ、テーブルクロスがかけてあった。そういうことだって、考えられます。私は息子のことが心配で、テーブルのことなんて、ほとんど、覚えていないんですよ。亀井刑事は、そう言っていました」

「他に何か、言っていませんでしたか？」

「今も言ったように、あの時は、息子のことが心配で、ほとんど、周辺のことについては注意を払わなかった。だから、自分が、どう利用されていたかも分からないと、そう言っていました」

それが井村弁護士の話だった。

十津川は危機を感じた。このままでは、亀井刑事は殺人容疑で起訴され、裁判になってしまうだろう。それまでに、何とかして助け出さなければならない。

そこで十津川は、急遽部下の刑事たちを集めた。

捜査会議が、開ければ一番良いのだが、禁じられているし、亀井刑事を助けるために集まることも、禁じられている。したがって、警視庁の中ではなくて、近くのカフェで集まって、十津川が現状を、刑事たちに説明した。

「今回は、二つの事件に、亀井刑事が絡んでいる。最初は、小西栄太郎を助けるために犯人は亀井刑事の息子、健一君を誘拐して、亀井刑事に問題の手紙を盗むように命令した。しかし、手紙の件は私に要求があり、亀井刑事は、新しい指示を、与えられた。ただ、奇妙なことに、犯人の指示は、亀井刑事に熊本から特急列車に乗れというものだった。そこで、私はこちらの犯人は、別人ではないか、別のグループではないか、そんなふうに、思うようになった。『山の会』の中に、亀井刑事そっくりの男が、いた。その男を利用して殺人事件を、起こす。したがって、その男が動いている間、亀井刑事が、別の所で見られては困る。そこで、亀井刑事本人を、九州の特急列車に、縛りつけておいた。亀井刑事のアリバイを、なくしたんだ。その計画も、総理夫人の殺害を、考えたのも、第一の犯人とは、別のグループの人間だと、私は思うようになった」

「しかし、どちらの犯人も、亀井刑事の息子、健一君を、人質に取って亀井刑事に、命令していますよ」

と、日下刑事が言った。

「その通りだ。この二つの事件で、犯人グループが、別だとしたら、グループの間で、人質の、健一君が手渡されたことになる。つまり、二つのグループはどこかで、繋がっているんだ」

「たしか、健一君は、キャンピングカーに乗せられていたということですね？」

と、北条早苗刑事が言う。

「そうだよ。健一君は、第一の犯人からキャンピングカーに放り込まれたんだ」

「とすると、二つのグループは、キャンピングカーで、繋がっているんじゃありませんか？」

「その通りだが、このキャンピングカーがなかなか、見つからないんだよ。我々は何とかして、キャンピングカーを、見つけ出さなければいけない。それが亀井刑事を助け出す最初の一歩になるはずだ」

と、十津川は強調した。

十津川は、改めて問題のキャンピングカーの写真を、刑事たちに配った。

「アメリカ車の改造だと分かった。ダッジだそうだ。かなり有名なキャンピングカーで、アメリカで改造されて、それが何台か日本に輸入されている。全部で二一六台。その中の一台を何とかして見つけ出したい」

「他に、キャンピングカーについて分かっていることは、ありませんか？」

「八月十日、熊本市内のガソリンスタンドで給油している。その時に、大柄な女性二人が乗っていたことは分かっているが、どうやらこれは、男が変装していたものらしい。

このキャンピングカーが、九州で亀井刑事が乗っている特急を、追いかけていた節がある。もちろん、特急の方が、速いから、途中から鹿児島中央駅に、直行したんだと思うが、途中までは、並行して走っているんだ。そして時々、亀井刑事に、指示を出している。その指示も、必要があってしていたんだろうが、亀井刑事が、指示通りに特急を乗り継いでいるかどうかを、確認していたんだよ」

「それでは、熊本県警と鹿児島県警に協力を要請出来ませんか？」

「今は表立って、協力要請は出来ない。上の方が、うるさいからね。こちらが亀井刑事を助けるために動いていると分かれば、上の方から停止命令が、出ることはハッキリしている。現職の刑事が、容疑者なので、勝手に我々警察が助けるために、動いていると分かれば、マスコミに叩かれるからね。よって、それを、かいくぐって捜査を進めなければならない。だから、あらゆるものを、使いたいと思うんだ。私はもう一度、私立探偵を、やっている橋本君に協力を、要請するつもりだ。私個人が私立探偵を雇ったということにしてね」

と、十津川は言った。

5

十津川の計画は、こうだった。刑事たちが勝手に動くことは許されないし、分かれば、叱られる。

そこで私立探偵の橋本豊に、頼んで、問題のキャンピングカーを探してもらい、見つかったら、十津川班の刑事たち全員が一日だけ休暇を取って、一斉に、キャンピングカーを調べる。そうするより仕方がないと、十津川は思っていた。

そこでもう一度、警視庁の外で橋本に会い、問題のキャンピングカーを、探してもらうことにした。誰が運転していたのか、誰が所有しているのか、つまり、問題のキャンピングカーの全てを、知るためである。

「この捜査は、急を要するので、君の知っている私立探偵を、何人雇ってもいい。その費用は前回と同じく、私個人に、請求してくれ。とにかく、急いでいるんだ」

それだけを、十津川は言った。

橋本は、仲の良い個人営業の私立探偵四人を雇い、五人で、一台のキャンピングカーを追跡することになった。

日本には二一六台が輸入されている。輸入業者に、連絡を取って、一台ずつ誰に売られたか、現在どこで使われているかを、調べてもらった。それが意外に、簡単だったのは、アメリカ製のキャンピングカーという特別な車だったからで、持ち主も、限られていたのだ。

その中でも、熊本のガソリンスタンドで、外観を見られている、問題の、キャンピングカーは、アメリカ車のダッジで、ツートンカラーと、分かっている。それを探していると、鹿児島県枕崎の、人気のない海岸で、一台のキャンピングカーが、炎上して大騒ぎになったという報告が、橋本に入った。

橋本は、四人の私立探偵と一緒に急遽鹿児島に、向かった。たぶん、持ち主は、キャンピングカーを調べられていると気づいたので、所有するその車を、急いで燃やしてしまうことにしたのだろう。

しかし、燃やしたことで、逆に手掛かりが、摑めたと、橋本は思った。

地元の警察は、このキャンピングカーがアメリカで改造されたこと、ガソリンは満タンになっていたので、火勢も強かったと発表した。

そこで、橋本たちは、鹿児島県内のガソリンスタンドを洗っていった。炎上した時、満タンなら、鹿児島県内、あるいは市内のガソリンスタンドで、満タンにしたと、考えたからである。橋本の推理は当たっていて、鹿児島市内のガソリンスタンドで、最後の補給をしたことが分かった。

ガソリンスタンドの店員二人が、問題の車と乗っていた人間について、しっかりと覚えていた。

「乗っていたのは、というより、ガソリン満タンと、こちらに言ったのは、女性二人です。どちらも、女性にしては、大柄でしたね。とにかく満タンにしてほしい。それから、鹿児島県の地図がないか、特に、海岸線の地図が欲しいと言われたんですよ。そこで、店にあったものを差し上げました」

給油したのは早朝で、その日の夜に人気のない海岸に出て、そこで、炎上させたのだ。おそらく、ガソリンスタンドからすぐ現場の海岸に向かったと、考えていいだろう。

地元の警察によれば、火が出たのは午前一時頃。たちまち、車全体に、火が回り、消防車が、この海岸に急行して、消火が始まったが、火勢が強くて、数時間にわたって、炎上を続けたという。

死傷者は誰もいなかった。キャンピングカーに乗っていた人たちは、火が出る前に、姿を消した。また、放火の疑いもあると、地元の警察が、発表した。

問題のキャンピングカーの持ち主を調べていくと、東京・新宿にある旅行会社の持ち物と分かった。新宿にある旅行会社では、同じキャンピングカーを、五台持っていて、そのうちの一台が、盗まれてしまった。そこで、警察に届けを出し、調べてもらっていたのだが、見つからなかったのである。

車が炎上した前日の、午後七時半頃、ガソリンスタンドに、問題のキャンピングカーが、立ち寄って給油したというのである。店員の一人が車の中で猫の鳴き声がしたと、証言している。

これでますます、このキャンピングカーが、問題の車であることがはっきりした。

そのキャンピングカーは、海岸に向かう途中、乗用車とすれ違い様に、接触事故を起こしていた。乗用車を運転していた高橋英雄(たかはしひでお)という三十代のサラリーマンが、地元警察署にその事故を届け出ていた。

橋本は、その男に会いに行き、話を聞いた。

「私の方がぶつけたんですが、キャンピングカーに乗っていた女性が、急いでいるので、この事故はなかったことにしたい、そう言われたので、私も、事故はなかったことにして別れました。しかし、後々、問題になったら困ると考え直して、警察に事故があったことを、知らせました」

橋本の報告を聞いて、そこから先は、十津川が、上役には黙って部下の刑事を使い、捜査することになった。

そこで計画通り、一日だけ、刑事たちに休暇を取らせ、新宿のカフェで、十津川を中心に、捜査会議を開いた。

十津川が、言った。

「問題は、総理を挟んで、二つのグループが出来ていたということだ。『鷹の羽会』と、『山の会』の二つだ。小西栄太郎の事件について、動いたのは、『鷹の羽会』だと思う。今回の総理夫人の殺害については、『山の会』だろう。二つの会の間に亀井刑事の息子、健一君を、誘拐して監禁していたキャンピングカーがある。二つの会は、仲が悪かったと言われているが、自分たちの総理大臣を守るため、あるいは、何かと問題を起こす総理夫人を排除するために、亀井刑事を使い、息子の健一君を、監禁するのに、キャンピングカーを使っている。そのキャンピングカーは、鹿児島の海岸で燃やされてしまった。おそらく、証拠隠滅のつもりだろう」

「鍵は、そのキャンピングカーに乗っていたという、女性二人ですね」

と、三田村刑事が言う。

「二人とも大柄な女性だということだ。ひょっとすると、男が化けていたのかも知れない」

「どうやって調べますか。手掛かりはありますかね？」

「猫ですね。シンガプーラという猫です。最近発見された新種で、意外に、高いんですよ。シンガプーラの野良猫を、拾ったということは考えられませんから、どこかで、買ったに違いありません。キャンピングカーで健一君を監禁していた犯人たちが東京の人間だとすれば、意外に早く犯人が、見つかるかも知れません」

北条早苗刑事が言った。

刑事七人、全員が、シンガプーラの線を追うことになった。十津川が調べたところによれば、シンガプーラの子猫は、一匹十八万円から二十万円はするという。

まず、日本でシンガプーラのブリーダーをやっている人間を、見つけ、そこから辿っていくことにした。

現在、日本で、シンガプーラの輸入と繁殖を事業としてやっている会社は二社。東京と大阪にあり、デパートあるいはペットショップなどで、子猫の販売をしている店に、シンガプーラを供給するのは、東京では四谷にある会社。大阪の場合は、天王寺にある会社である。そこでまず、東京・四谷にある猫の輸入会社に、話を聞きに行った。行ったのは、三田村と、北条早苗刑事の二人である。

そこにはシンガプーラの子猫を買った、飼い主の名前が、書かれていた名簿もあった。めずらしい種類なのでそれほどたくさんの人間は、シンガプーラを買ってはいなかった。全部で五十二人である。

十津川たちは、飼い主たちを、片っ端から調べていった。たった一日の休暇である。二度と、一斉に、休暇を取ることは、許可されないだろう。そこで、この日のうちに、突破口を開きたかったのだ。

6

七人目にぶつかったのが、東京の三鷹で、軽食の店を出している池山兄妹だった。

二人の刑事が店に入っていくと、店の奥で猫の鳴き声がした。猫を抱いて現れたのは、妹の池山さとみだった。三十代で、抱えている猫は間違いなく、シンガプーラだった。子猫を二十万円で買ったという。

「猫がお好きなんですね。なんと呼んでいらっしゃるのですか？」

と、北条早苗が聞くと、池山さとみは、にっこりして、

「パトラです。私も兄も、猫が好きなんです。珍しい猫が欲しいと思っていたら、近くのデパートでシンガプーラの子猫を売っていたので買いました」

と言う。

「今、お兄さんはどこですか？」

と聞いた。こちらで調べたところによれば、兄の名前は、池山琢也（たくや）である。年齢は三十五歳。

「兄は旅行が、好きで、今旅行に出かけています」

「いつ頃、帰って来るんですか？」

「あと二週間くらいは、帰って来ないと思います」

「旅行先は、分かりますか？」

「大体のことは、分かりますけど、兄の旅行は気まぐれですから。日本のどこかにいることは確かですけど」

と笑う。

「お兄さんは、運転免許証を持っていますか？」

「ええ、高校を卒業して、すぐに運転免許証を取っています」

「キャンピングカーなど、所有していますか？」

「いいえ、兄はお金がなくて、中古の軽自動車を運転していますよ」

と、また笑った。

「『山の会』というのを、ご存じですか。青森県出身者が作っている会なんですが」

「両親は青森県出身なので、その影響で、兄は入っているかも知れませんが、私は東京育ちなので、青森の県人会には入っていません」

そこで二人の刑事は、兄の池山琢也の写真を何枚か、借りることにした。そして、

「八月十日も、お兄さんは、旅行に出かけていたんですか？」

「そうですね。はっきりとは、覚えていませんが、八月十日頃も、旅行に出ていたかも知れません。ですから、店をやっているのはほとんど私一人で、兄は全く、頼りにならないのです」

さとみは言った。

「お兄さんも、猫が好きだと言いましたね」

「ええ」

「お兄さんも、シンガプーラを連れて旅行に行くことが、あるんですか？」

「あります。このシンガプーラを飼うんで、兄と二人で、お金を出し合いましたから。兄は半分は俺の物だと言って、旅行にも、連れて行ったりするんです。軽自動車では、猫が可哀想だと反対するんですけど、結局、いつも押し切られてしまって……」

と、さとみが言った。

二人の刑事は戻ってくると、調べる必要ありと、十津川に報告した。

猫を連れて、軽自動車で鹿児島まで旅行するのは、無理だろう。もし、池山琢也が犯人なら、廃棄したキャンピングカーから、別のキャンピングカーに乗り換えて旅を続けているのではないかと、十津川は思った。

「引き続き、池山の周辺を洗ってくれ。別のキャンピングカーに乗って、移動しているに違いない」

と、三田村刑事と北条刑事に、命じた。

この事件を、片山総理夫妻の夫婦の間の、戦いと考えるのは、間違いで、片山信江夫人には、いろいろと、問題があるが、夫を総理大臣にしたい、そして総理大臣にしたという自負が、ある。問題は、夫の片山総理を後押しする「山の会」と、目的は同じだが、方法の違う、「鷹の羽会」の争いと、見るべきだろう。二つとも目的は、同じなのに、なぜ、方法が、違うのか、と十津川は考えた。

る。

「鷹の羽会」の方は、日本の政財界の大物たちが集まっていた。その中核は、青森県の政財界を牛耳っている総理夫人の周囲を守る人々である。彼らは、有力者を集めて「鷹の羽会」を作り、自分たちこそ、日本の政治経済を動かしているエリートだと思っている。

したがって、自分たちの言うことを、そのまま総理は聞いてくれるものと考え、反対する総理に対して脅したり、逆におだてたりして、自分たちこそ本当の総理の後援者だと思っているに違いない。

「山の会」の方は、少しばかり、事情が違っているだろう。こちらは、青森県の人たちの集まりということで、東京での就職を斡旋したり、会員の悩み事の相談に乗ってくれるという、ある種の互助会であった。彼らは自分たちが総理大臣を作ったとは思っていない。総理大臣になった片山総理が「山の会」を、作ったからである。

もっとも、熱烈な、片山総理のファンも多かった。東京で、生活の基盤を、築けたのも、片山総理のおかげと、心の底から感謝しているのだ。

第六章　亀井救出の道

1

十津川は考えた。

相次いで二つの事件が起きている。そのいずれにも、亀井刑事とその長男、健一、十一歳が絡んでいる。

最初に、九州で健一が誘拐された。犯人の目的は現役の刑事・亀井を使って、小西栄太郎の犯罪を実証する手紙、アリバイのないことを証明する手紙を奪い取ることだった。

亀井刑事は手紙を手に入れられなかったが、犯人は、亀井刑事の息子、健一の命と引き換えに、十津川に手紙を手に入れろ、と要求した。十津川は手紙を手に入れて、今田けいこに渡したが、その間、亀井刑事は九州の特急を乗り継いで、熊本から鹿児島中央まで乗ることを犯人に指示されていた。亀井刑事は、鹿児島中央駅で、解放された息子、健一と再会出来たが、その間の亀井刑事のアリバイが、消えてしまった。その時間帯に、片山総理夫人の信江が殺された。

現在、亀井刑事は、片山総理夫人殺害の容疑者として逮捕されている。この二つの事件の間に、何らかの関係があると考えるのが、当然だろう。

だが、どんな関係があるのだろうか？　同じ犯人なのだろうか？　同じ犯人が、誘拐した亀井刑事の息子健一をそのまま監禁しておいて、片山総理夫人の殺害に利用したのだろうか？

二つの事件の間、誘拐されていた亀井刑事の息子健一・十一歳は、解放されていない。したがって、二つの事件は繋がっているように見える。

しかし、十津川は、そうは考えなかった。

第一の事件で、犯人が助けようとした小西栄太郎は、たしかに著名な政治家で、大臣を歴任した男だが、幼い女の子を三人も殺した容疑者である。それに比べて、殺された片山総理の夫人は、犯罪者ではない。

さらにいえば、犯人が何もしなければ、片山総理は現職の総理として活躍しているし、夫人の信江も、さまざまな舞台で活躍している女性である。その点が第一の事件と違うのだ。

それを、どう考えたらいいのか。

十津川は、亀井刑事の事件を、正式には、捜査することを禁じられている。現在、亀井刑事に関する事件を、担当しているのは、品川署の警部と、その部下たちである。

しかし、十津川は、捜査を禁じられているからといって、ただ傍観しているわけにはいかなかった。

そこで、部下の刑事たちを集め、密かに今回の事件について、捜査を進めていた。今日も若い刑事たちを集めて、二番目の事件、片山総理夫人が殺された事件と、亀井刑事がその容疑者として逮捕されたことについて、十津川は自分の意見を言い、他の刑事たちの意見も聞くことにした。

「私は、第一の事件と第二の事件とを調べてみると、どうも犯人は別人ではないのかと思うようになっている。そう考えざるを得ないんだよ」

いきなり十津川が言うと、案の定、若い刑事たちの間から反対意見が飛び出した。例えば、日下刑事である。

「それは考えられません。第一、最初の事件で誘拐された亀井刑事の長男、健一君、十一歳は、その後、解放されましたが、その間に、第二の事件が生まれ、代わりに父親が殺人容疑者として逮捕されてしまいました。その上、二つの事件は、現在の与党保守党に絡む事件です。この二つを考えれば、どう見ても二つの事件の犯人が、別人だとは、思えません」

しかし、日下の反論は十津川の予期したものだった。事件の関係者の多くは、日下刑事のように考えるだろう。十津川自身も最初は、同じように考えていたのである。

「しかし、違うところもある。たしかに、二つの事件とも与党が絡んでいるが、第一の事件で、犯人が助けようとしたのは、大臣を歴任したことのある小西栄太郎、今回は片山総理だ。しかし、この二人は与党内の派閥が違う。それから片方の事件では、殺人容疑を受けている人間を、助けようとしているが、第二の事件ではそうした目的はない。また、第二の事件では、犯人はいち早く亀井刑事の息子健一君を、解放している。そうした細かい点を見れば、私にはどうしても同一犯人とは思えないんだ」

十津川が言うと、今度は三田村刑事が反論した。

「第一に、人質の健一君はキャンピングカーから動かされないでいたように思います。今回の事件のあと、たしかに健一君は解放されましたが、これは犯人が、亀井刑事を、殺人の容疑者にすることに成功して、事件が終了したと考えて、解放したのだと思われますが、その点は、どう考えられますか？」

「たしかに、健一君は二つの事件を通してキャンピングカーに監禁されている。したがって監禁されていた場所は、キャンピングカーの中、それも同じ車両としか考えられない。それでも、私はどうしても、二つの事件は、それぞれ、犯人が別人のように思えて仕方がないんだ」

「警部がそう考える理由は、何ですか？　第一の事件の関係者、小西栄太郎と今回の事件、片山総理とは、同じ保守党でも派閥が違うからですか？」

「それと、何となく違うような『匂い』と言ったらいいのかな」

「それでは、なぜ健一君は、同じキャンピングカーの中に、監禁されていたんでしょうか？　犯人が違うのに」

と、日下が聞く。

それに対して十津川は、こう答えた。

「私はね、今回の誘拐犯人は単なる誘拐犯ではなくて、誘拐ブローカーのような気がしてしょうがないんだ」

集まっていた刑事たちの中には、「えっ」と声を出す者もいれば、

「警部は本当に、そんなブローカーが介在していると考えておられるのですか？」

と、十津川に、質問をぶつけてくる刑事もいた。それに対して十津川が言った。

「私はね、誘拐や殺人を職業にしているブローカーのような存在を感じるんだ。このブローカーは刑事の息子を誘拐すれば、儲かると考えて、手はじめに、九州で、亀井刑事の息子を誘拐した。ところが、金儲けになると思った小西栄太郎が、入院してしまった。そこで今度は、片山総理と総理夫人の間が、ギクシャクしているところに目をつけた。しかも、後援会が二つも出来ていて、お互いに、非難しあっている。そこで、これは、

金になると考えて誘拐した健一君を、すぐには解放せず、別の団体に売り込むことを考えたんだろう。私は今回の事件について、そんなふうに考えざるを得ないのだよ」

十津川は、さらに、自分の考えを刑事たちに説明した。

「今の世の中、誘拐ブローカーでも一回では儲からないのではないか。そこで誘拐をすると、一回だけではなく二回、三回と売りさばくのではないか。そんな眼で今回の犯人について考えてみた。明らかに最初は、小西栄太郎を助けるためならば、誰かが、金を払うだろう。そう考えて亀井刑事の息子を、誘拐した。ところが、肝心の小西栄太郎が入院して、裁判にも出られない。このままではたぶん、長くないだろう。死んでしまえば、金を払わなくなるのではないか。それを不安に思った犯人は、最初から、第二の買い手を、探していたと思うんだよ。それが、同じ与党の片山総理夫妻だ。夫妻の仲が悪いこと、片山総理の支持者の中には、夫人を疫病神だと思っている連中もいる。それが、『山の会』の人間たちだ。逆に夫人の後援者たちの『鷹の羽会』は『山の会』を敵視している。さらに犯人は、『山の会』の後援者の中に亀井刑事に、よく似た男がいることを見つけ出した。そして、これは、利用出来る。片山総理夫人を日頃から敬遠している『山の会』ならば、誘拐した亀井刑事の息子、健一君を、売れるのではないか。そう、考えていたんだと思う。そこですぐ、犯人は、第二の買い手に打診したんだと思う。そして、売りつけた。私にはどうしても、そんなふうにしか今回の事件は考えられないんだ」

この十津川の意見に対しても反論があった。例えば、北条早苗刑事は、こう言った。

「誘拐犯人が、誘拐した人質を種にして何人もに売っていく。そんなことをしたら、犯人自身の危険も、倍加するんじゃないでしょうか。もともと誘拐は、重罪ですから、そんな危険は冒さないと思いますが」

「たしかにその通りだ。だが、私は、こんなふうに思ったんだよ。現代はプロの殺し屋にもなかなか買い手がつかない。なぜなら、殺し屋に頼まなくても普通の人間が簡単に殺人をするからだ。金を使って、殺し屋を雇うような悠長な時代では、なくなってしまった。例えば、急に人殺しをしたくなったと言って、トラックを使って何人もの人間を轢き殺してしまう。そんな人間が現れる世の中だからね。昔のように、まず自分のアリバイを作っておいて、金を使って殺し屋を頼む。そんなのんびりした時代ではなくなってしまった。昔に比べて、殺し屋を雇うために金を使うような人間は少なくなったんじゃないか。だから、今回の誘拐犯は、一回だけでは儲からないので、誘拐した健一君と、父親で現職刑事の亀井刑事を込みで、二つのグループに売りつけた。たしかに、北条刑事が言うように、犯人は、危険が倍加する。それでも儲けるためにやむを得ず、二つのグループに、売りつけた。そう考えると、我々の力で、何とかこのブローカーを見つけ出したい。向こうも危ない橋を渡っているんだからね」

と、十津川が言った。

「しかし、今回の事件の捜査は、全て品川署がやっていますから、我々は、動きが取れませんよ」

悔しそうに、日下が言った。

「だから、それを、冷静に考えてみるんだ。我々に、いったい何が出来るかをね。まず、今回の事件についてもう一度、考え直してみよう」

三上刑事部長からは、依然として、下手に動くな、静かにしていろと、厳命されていた。

それでも、もし、亀井刑事を、助ける方法が見つかった時には、辞表を出す覚悟で十津川は、動くつもりでいた。したがって、それまでは、いたずらに動いてしまうと、かえって亀井刑事を、助けられなくなる。

そこで、動かずに、刑事たちと考える時間の方が自然に、多くなった。

「亀井刑事を目撃したと、証言している人間は、現在六人います。問題の日、県人会の行われるホテルKに手伝いに来ていた六人です。念のため、手帳に書き留めておきました。名前は海原献一郎、工藤夏彦、秋山実、池田裕介、そして他に女性二人。この六人が片山総理夫人の指揮で、県人会の用意をしていたホテルに、亀井刑事もいたと証言しています。なかのひとり池田には、私と警部が、佐野愛美と秋山実には、三田村刑事と北条刑事がすでに話を聞いている。しかし、出来ればこの六人を一堂に集めて誰の命令で、動いているのか、証言しているのか、それを聞いてみたいと思いますね」

　と、日下刑事が言う。

「私もそれを、考えたが、今の状況では無理だ。この六人は、今回の殺人事件の証人として、品川署の刑事たちが見張っているから、簡単に彼らから話を聞くことは出来ない」

　と、十津川が言った。

「亀井刑事のそっくりさんがいるわけです。亀井刑事本人が逮捕されてからは、そっくりさんの方は姿を見せていません。国内のどこかに監禁されているのか、国外に逃げているのかは分かりませんが、何とかして、捕まえられませんか？」

　三田村刑事が言った。

「今のところ、この男がどこにいるのか分からない。我々が探すわけには、いかないので、一応、私立探偵の橋本豊に頼んで探してもらっているが、まだ、見つかったという報告はない」

　十津川は、軽いいら立ちを見せていた。

　この日の最後に、十津川は、一つの新聞記事を刑事たちに、コピーして配った。

　それは、五年前の事件についての記事だった。

「中国新聞が、一つの特ダネを摑んで記事にした。今から五年前、夏休みに入った小学校で、一年生の少女が誘拐された。その後、少女の父親は、京都府警の現職の刑事であることが分かった。その刑事は、二日後、保津川下りの遊覧船の中で、船客の一人、京都府副知事（五十八歳）を刺した後、副知事を道づれに保津川に飛び込み、両者とも死亡した。ところが、誘拐された少女は、すぐには解放されなかった。十日後、京都で、殺された副知事の代わりに、通産省の事務次官を、務めた女性が、副知事に、指名された。その女性も何者かに襲われた。彼女を襲ったのは、死んだ刑事の妻で、人質になった少女の母親だった。何者かが、新しい女性副知事を襲うよう、命令したようだ。副知事は、危うく命を落とすところだったが、幸いにして、助かった。なおその副知事は、二年後の選挙で、知事になった。誘拐された少女は、その途中で解放されたが、少女の証言によれば今回と同じように、車の中に監禁されていたと証言している」

「この事件は、まだ解決していません。また、今回の事件に似ていますが、同一犯人かどうかは分かりません」

日下は、慎重に言った。

「私は京都府警に、電話をしてみたんだ。どうして、こんな大きな事件が、解決しないのかとね。それに対して、今も、この事件を担当している、三浦という警部が、私にこう言った。『似たような事件だったので、二つの事件の犯人は、同一人に違いないと考えて、捜査を進めていった。その思い込みがいけなかったのかも知れない』とね。三浦警部は、こんなことも言った。『今になると第一の事件、第二の事件ともよく似た事件だ。また、少女が誘拐され、父親の刑事が死んでいる。それで自然に、捜査が慎重になった。その間に、時間が経ってしまった。それが、この事件が解決しない理由ではないかと、反省している』、そう言っていたよ」

今度は十津川に対して、反論する者はいなかった。

「よく、似ていますね」

と、三田村刑事が言い、北条早苗刑事がうなずいた。

「当然警部は、五年前の、この事件は今回の事件とよく似ている、そう思って、いらっしゃるんでしょう？」

「京都府警の三浦警部の言葉が忘れられなくてね。彼が言うんだ。同一犯人だと思い込んでいたので、容疑者が別人かも知れないという考えを捨ててしまった。それは間違いだったのかも知れないと言った。だから、今度も私は同一犯人ではないと考えているんだ。それにもう一つ、素人が亀井刑事の息子健一君を誘拐、監禁したとは思えない。これは、プロでしか出来ない仕事だ。だから、そいつは、父親の亀井刑事と、息子をセットにして、二回、誰かに売ったんだ。だから、第一、第二の事件について犯人が浮かんでくるが、ブローカーの方は、浮かんでこない。同じことが、五年を隔てて起きたんじゃないかと考えているんだよ」

「しかし、我々は、京都の事件を、捜査することは出来ませんよ」

三田村が言った。

「分かっている。そこで、京都府警の三浦警部が、明日来てくれることになった。警視庁に呼ぶことは出来ないので、新幹線で午後六時前後に東京駅に着き次第、我々は駅近くのカフェで彼に会って、京都で起きた事件の詳細を聞くことにする。これはあくまでも、京都と東京の刑事が、事件のことで会うわけではなくて、休み時間に、親交を深めるということだ」

十津川は念を押した。

2

翌日、十津川と日下刑事と北条早苗刑事の三人が、東京駅で京都府警の三浦警部を、出迎え、八重洲口のカフェで話を聞くことになった。

三浦警部は会うなり、

「いろいろと大変ですね」

と言った。

「お察しの通りです」

と十津川が応じた。

八重洲口のビルの中にあるカフェである。わざと、窓際の席を取り、まず三浦警部から、問題の事件の話を聞くことにした。

「京都府警でも、今回、東京で起きた事件が五年前の事件に、よく似ているなと刑事たちが言っていますよ。どちらの事件も、刑事が関わっていて、その子供が誘拐されている。少女と少年の違いはあるが、犯人は人質に取って、親を意のままに動かそうとしているところなど、ですね」

と三浦が言った。

「こちらも同感です」

十津川がうなずく。

「こちらは、三浦さんが言った言葉に、助けられました。第一、第二の事件を、同じ犯人だと考えたのが、失敗だったと言われましたね？　今でも、そう、思っているんですか？」

「最初は、絶対に事件の背後に、一人の犯人がいると考えました。同一犯としか考えられなかった。しかし、失敗を繰り返しているうちに、別の犯人と考えた方がいいのではないか、そう考えるようになったのです」

「どうして、同一犯だと考えてしまったのですか？」

「それは、人質に取られた少女が、第一の事件の時も、第二の事件の時も同じように誘拐されたままだったからです。同一犯が少女を誘拐して、最初の時は少女の父親を動かし、第二の事件では、少女の母親を動かしているのではないか。そのために、人質を返さないのではないか。そう考えたのです。五年前にそう考えた時には、絶対に間違っていないと思いましたね」

「全く同じ状況が、東京で起きています。そこで、三浦さんから、なぜ同一犯だと思ったのか、なぜ捜査が、うまくいっていなかったか、なぜ解決しなかったのか、同じことをうかがうようで申しわけないが、いま一度、ぜひ聞かせていただきたいのです。下手をすると、東京で起きている事件も、同じような結果になる恐れがあるのです」

十津川が正直に言った。

「まず最初に言いたいのは、京都府警に設けられた捜査本部は、最初から、ほとんど全員が同一犯による事件だと考えました。それは、同一犯だと考えた方が、筋が通るからです。まず、人質です。第一の事件の時も誘拐されたまま。第二の殺人未遂事件の時も、その事件が終わってからやっと人質の少女は返されています。それで、どう考えても誰の目にも、この二つの事件は、同一犯、そして人質を有効に使って、犯行を重ねた。そういうふうにしか、思えなかったのです。もう一つ、事件の対象が同じように、見えたからです。第一の事件では、京都府の副知事が、殺されました。第二の事件では、代わって副知事になった女性が、二年後には知事になりましたが、副知事時代に何者かに襲われて、危うく死ぬところでした。これはどう考えても同一犯が人質を使って、殺害を企てた。そう考えるのが、自然だったのです。第一の殺人事件、人質の父親の現職の刑事が犯人でしたが、死んでしまいました。第二の事件、代わって副知事になった女性が、狙われましたが、第一の事件と同じように、第二の事件でも、副知事に対して面白くないと思っている者が、犯人で、その犯人は第一の事件の時にも、現職の刑事の娘を誘拐して、父親に、殺人を実行させた。第二の事件では同じように、新しい副知事を狙わせた。京都府警の全員が、同じように考えていたんです。しかし、捜査を進めているうちに、少しずつ、誘拐の証拠は見つかってきましたが、それが、我々の考えるものと、上手く噛み合わないのです。我々の考えと、ぴったり合う証拠が、見つからないんです。違ったものが見つかってしまう。そうなると、事件の本筋から我々の捜査が外れていくような気がしましてね。五年目になった今、捜査方針を変えようと考えているのです」

「第二の事件ですが、たしか当選した女性知事が副知事時代、女性に襲われたんでしたね？」

「そうです。容疑者は、誘拐され人質になった少女の母親です。まず父親が、犯人に脅迫されたと思われるんですが、保津川での遊覧船の中で時の副知事を刺して、一緒に船から飛び降りて、その後、二人とも遺体で発見されました。これは、あまりにもはっきりとした事件だったので、被疑者死亡ということで、捜査は終わりを告げました。続いて第二の事件が起きました。十津川さんが言われた通り、狙われたのは、新しく副知事になった女性で、その容疑者は、誘拐された少女の母親でした。この母親は夫と同じように、京都府警の元刑事でしたが、空手二段の腕前でした。第一の事件と同じように、犯人が、人質を返さずに、娘の命と引き換えに副知事を襲うように命令した。我々は、そう考えて彼女を殺人未遂で逮捕したのですが、調べてみると、証拠が見つからないのです。それでも他に有力な容疑者がいないので、一年近く、いやもっと長く、犯人は少女の母親だと、考え続けました。しかし、副知事の証言も、はっきりしないのです。襲ったのは大柄な女性のようだったが、暗闇で犯人の容貌などは、見ていないと言うのです。ただ、少女の母親のアリバイが曖昧だったので、その点からは、容疑者として事情聴取したんですが、いくら探しても、直接的な証拠は見つかりません。結局、彼女を釈放せざるを得ませんでした。そして、現在は彼女の再逮捕も諦めています。しかし、他にこれといった容疑者が見つからないので、困っています」

「しかし、女性副知事に反対する勢力というものが、あったんじゃありませんか？　新しい副知事を、面白くないと見ている人たちがいれば、その中に、殺人未遂犯がいる。そんなふうにも考えられるんじゃありませんか？」

十津川が聞くと、三浦はうなずいて、

「その通りです。最初は、そうした容疑者を探しました。京都という街は、新しいものと、全く古いものが、同居していますから、女性の副知事に対して、面白くないという人たちもいることは、間違いないのです。ですから、そうした中にも、犯人がいるのではないかと考えて、捜査を進めました。たしかに、容疑者らしき者が何人か見つかりました。女性の副知事など、古都京都には、似合わないと、知事の公邸に花火爆弾を送り付けた人もいます。そうした人間たちを、逮捕し、容疑者として、捜査を進めたんですが、全員アリバイがあったりして容疑者がどんどん少なくなっていきました。それでも、我々としては、誘拐犯がいて、誘拐した少女を使い、第一の事件で、副知事を殺し、第二の事件では、新しい女性副知事を殺そうとした。誘拐犯が、誘拐した少女を使って脅迫した。我々は、そう考えていたわけです。捜査していれば、そのうちに、誘拐犯も見つかるのではないか、そんなふうに楽観していたわけです」

「その点は、こちらでも、同じですよ。しかし、この考えでは、今回の事件は解明出来ないのではないか、もう少し考えて、今回の事件を見直した方がいいのではないか。私はそんなふうに思っているのです。そこで、同じような事件を、扱った京都府警の三浦さんの話を聞きたかったんですよ。今、聞きますと、そちらの事件は要約するとこうなるんですか。少女を、誘拐した犯人がいたが、犯人は京都の副知事と、副知事指名に絡んで、自分を、売りつけた。そう考えたということになりますね？」

「その通りです。二回事件があったが、その間、誘拐された少女は帰ってきませんでした。人質を使って、殺人者を作り事件を起こしている。したがって、大元のところでは、犯人は同一人だと我々は、考えていたわけです。警視庁でも、同じように考えているのではありませんか？」

三浦が、聞いた。

「たしかに、同じように考えている刑事もいます。三浦さんが言ったように、こちらの事件でも、誘拐犯は、一人、誘拐した少年を使って人殺しを動かしている。そう考えると、簡単なんですが、誘拐犯も見つからないし、第二の事件の真犯人も分からない。そこで私は、こう考えているのです。三浦さんにも聞いてもらいたい。

ここに誘拐ブローカーがいる。そのブローカーが金になる少年を誘拐した。その父親は、現職の刑事だ。そこで、ブローカーは刑事付きの人質で売った。ところが、最初の事件ではたいして儲からなかった。そこでブローカーは、この人質を他の人間に売りつけたのではないか？　一つの事件では儲からないので、売りつける相手を探した。あるいは最初から用意しておいた。京都では最初の事件は、成功したが、二回目は、失敗した。東京の場合は、逆になっています。我々は、容疑者を逮捕して訊問すれば、誘拐ブローカーも自然に見つかるだろうと思っていたんですが、いくら調べても、誘拐ブローカーは見つからないのですよ。そうなると、同一犯という我々の推理は、そこで、壁にぶつかってしまうわけです。何回も挫折しました」

「どうして、十津川さんは、そう思われるんですか？」

今度は逆に、三浦が聞いた。

「東京の場合、事件そのものは、はっきりとしています。それなのに、誘拐犯の顔は見えてこない。なぜなのか考えました。唯一の答えは、誘拐犯はブローカーでその誘拐を必要な人間に、売っているんじゃないか？　第一の事件と、第二の事件に関係している相手にです。誘拐ブローカーは、現場に出てこないから、いくら調べても、誘拐犯の顔は見えてこない。そんなふうに考えたんです」

京都府警の三浦警部と話をしているうちに、十津川は、自分の考えに自信を持っていった。

三浦警部は一泊して、京都に帰って行った。

3

その翌日、私立探偵の橋本から、十津川に電話が入った。

「面白いニュースがあります」

と、橋本が言った。

「私の知っている私立探偵がいるのですが、例の九州の、長崎と佐世保の間を走る特急列車『或る列車』ですが、その列車の事件があった日、切符を、二枚何とかして手に入れてくれと頼まれて、一枚につき十万円で合計二十万円を、もらったという人間がいるのです。間違いなくあの列車の切符で、そして、亀井刑事の息子の健一君が、誘拐された日の切符です」

「たしかに面白い。何とかしてその線で二十万円を出した人間を、見つけてくれ」

十津川は頼んで、

「君と親しい私立探偵なのか?」

「いいえ、それほど、親しくはありませんが、最近仕事が少なくて、困っていたといいます。そこへ二十万円もくれるという嬉しい仕事なので、喜んでインターネットを駆使して、切符を手に入れたと言っていました。本当に二十万円もらったのかと聞いたところ、間違いなく、二十万円現金でもらった。仕事が少ないので、有り難かった。そう言っています」

「名前は?」

「小林悟(こばやしさとる)、三十歳。独身です。これから彼の事務所に行って、詳しい話を、聞いてきます」

そう言って、橋本は、電話を切ったのだが、すぐに慌てた感じで電話をしてきた。

「申しわけありません。探偵の小林ですが、旅行に行ってしまいました。武蔵小山(むさしこやま)の駅近くのマンションに住んでいるのですが、マンションの管理人の話では、お金が入ったので、東南アジアに旅行に行ってくると言って、出かけたそうです」

「連絡は、取れないか？」

「今、何とか連絡を取ろうと思っているんですが、電話が、繋がりません」

と、橋本は続けて、

「彼のマンションは２ＤＫの部屋なんですが、私は、一般人ですから勝手に中には入れません」

「それでは、こちらから、一人刑事を向かわせる。その刑事と、相談してくれ」

と、十津川は言った。

4

亀井刑事のための捜査は禁じられているが、十津川たちは、何かあれば一人だけ、休みを取って、行動することにしていた。そこで今回は、日下刑事を武蔵小山に、やることにした。

日下刑事が、休暇届を出し、目黒線の武蔵小山に行き、駅前で、待っていた橋本と一緒になった。武蔵小山は、駅前の商店街が長いので、有名である。

問題のマンションは、商店街の裏手にあった。五階建てのマンションの五階、五〇一号室。２ＤＫの部屋が、住居兼探偵事務所だった。

「捜索令状は持ってきたのか？」

と、橋本が聞く。

「そんな物は、取れないに決まっているだろう。犯罪捜査じゃないんだ。それに、私たちは、今回は捜査に参加すること自体が、禁止されているんだ」

「それでは、部屋の中を、調べるのは無理だろう？」

「いや、強引に、調べるよ。亀井刑事を殺人犯にはしたくないからね」

そして、日下は、一応警察手帳を見せ、管理人に、五〇一号室のドアを開けてもらった。

玄関を入ってすぐの六畳が、事務所になっていて、簡単な応接セットが置いてある。そして、奥の六畳が住居である。と言っても、備え付けの簡易ベッドがあり、あとはテレビなどが置いてある。それだけの部屋だった。

日下は部屋の中を見回してから、

「こちらの推理が当たっていたら、我々の探している犯人が、小林という私立探偵を雇ったことになる。だが、なぜ、この私立探偵を、選んだんだろう？」

と、橋本に聞いた。

「あれから調べたんだが、小林という探偵は、以前、依頼人が約束通りの報酬を払わなかったので、暴力沙汰を起こしてしまった。幸い、お互いの弁護士の話し合いによって示談になり、事件にはならなかった。しかし、その噂が広まって、仕事の依頼が減り、金に困っていたのだ。犯人にしてみれば、それなら金さえ払えば何でもする。口が堅いだろう。そう思って、頼んだんだと思うね」

橋本にしてみれば、日下は、昔の同僚である。自然に乱暴な口調になる。

狭い部屋なので探すところは限られていた。日下にしてみれば、小林という私立探偵に、九州の特急列車の決まった日付の切符を二枚頼んできた犯人の手掛かりを、摑みたかった。

しかし、いくら調べてもそれらしいものは見つからないのだ。

日下が困っていると、橋本が笑って、

「この裏に、隠してあれば、と思っているんだが」

机の引き出しを、抜いた。その後、手を突っ込んでいたが、机の裏側から一枚の写真を取り出して、日下の前に置いた。男が一人、写っていた。

「小林という探偵は、自分のところに調査を頼みに来た客を、必ず隠しカメラで撮るんだよ。そうしておいて、法に触れるような仕事を頼まれた時には、頼んだ相手を強請って、法外の報酬を請求したりしていた。それで、依頼人とのゴタゴタが続いて、探偵の仕事がなくなっていたんだ。たぶん、この男の写真も、小林が隠しカメラで、撮ったに違いないんだ」

その後、念入りに、2DKの部屋を調べたが、何も見つからなかった。

日下は、一枚の写真だけを持って警視庁に戻った。男の写真を、全員で見た。三田村や北条早苗刑事も、その写真を見た。平凡な、三十代の男の写真である。

もし、これが、今回の事件の犯人だとすれば、一つの収穫なのだが、犯人だという証拠は、何もない。

それでも、十津川は、この三十代の平凡な男を、調べてみることにした。可能性は少ないが、犯人かも知れないからである。

「皆も何か気がついたら言ってくれ」

十津川が、刑事たちの顔を見回した。

「背広の襟に付いているバッジなんですが、背広に比べて、いやに、大きいですね」

と、三田村が言った。

たしかに、不自然に、大きなバッジだった。

十津川が引き出しから虫眼鏡を取り出して、それを通して、バッジを見直した。銀色のバッジである。よく見れば、銀色に光る星のマークである。

「まさか、天に輝く星じゃないだろうね」

十津川が笑った。

「これ、陰陽師のマークじゃありませんか？」

と、北条早苗刑事が言った。

「陰陽師？」

と、十津川が首を傾げる。それに向かって、早苗が言った。

「京都には、有名な安倍晴明の神社があります。あそこで、これと同じ星のマークを見たんですよ。たしか、これは、平安時代の陰陽師が使っているマークです」

「しかし、今回の事件は誘拐と殺人という最も現代的な犯罪だよ。それが、どうして陰陽師の話が出てくるんだ？」

日下の声が荒くなる。

全員がピリピリしていた。

「京都だからよ」

と、早苗が言った。

「京都には、今でも陰陽師がいるのか？」

「それは知らないけど、陰陽道を信じている京都人がいるかも知れないわ」

「百科事典で引くと、だいたいこうなっているわ」

早苗は、電子辞書を取り出して、読んだ。

「中国起源の陰陽五行の思想に基づいて、平安時代に盛んに行われた方術。日本伝来は六世紀頃だが、陰陽五行思想は、すでに仏教や道教の影響で俗信化されており、災いを避け、福を招く方法として卜筮などに重きを置くようになった。十一世紀以降は公的には衰退したものの、冠婚葬祭の吉凶、方角、相性、加持祈禱などに根を下ろしていたが、一八七〇年に禁止された。以上」

「一八七〇年には、禁止されているじゃないか」

「でも、民間では、消えずに続いているのよ。私たちだって意識せずに、陰陽道を実行しているんだと思う。占いだって盛んだし、縁起を担ぐ人は多い。特に京都は、今も盛んなんだと思う」

と、北条刑事が負けずに強調する。

十津川が見かねて、割って入った。

「とにかく、これを陰陽道のマークとして事件との関係を捜査してみようじゃないか。それに、五年前の事件は、京都で起きているんだ。殺人犯というのは、縁起を担ぐというからな」

十津川は、京都に安倍晴明を祀る神社があることは知っていた。が、陰陽道に詳しいわけでもない。

ただ、「古都」という言葉を、十津川は、思い浮かべていた。

それに、その古都に住む人々の心である。

5

翌日は、日下に代わって三田村刑事が休暇を取って、橋本と写真の男の付けているバッジについて調べることになった。

まず銀座にあるバッジの専門店を訪ねる。

「これは、うちで扱ったものじゃありませんが、うちにバッジコレクターがいますので、ご紹介しましょう」

と、店長は、その男、金田徳一という七十歳の店員を紹介してくれた。

金田は、二人の質問に対して、あっさりと、

「数年前に、ある団体が生まれましてね。人数は九人、今も、この人数は変わらないはずです。会の名称は『古代大和』です」

と、言った。

「どんな団体なんですか？」

「今の日本は、全てが汚れている。政治も経済も人間もです。それで、古代の日本、大和に帰れをモットーにした団体です」

「九人というのは、いやに半端ですが」

「陰陽道では、奇数は吉、偶数は凶と言われています。三月三日や五月五日は、奇数が重なるので吉日です。逆に、四十二歳は偶数が重なるので、男の厄年になっています」

「分かりました。九は、奇数の中で最大吉数だから、縁起がいいわけですね」

「その通りです。九は最高の吉数です」

「この団体は、古代日本、古代大和に帰れということですが、現代政治に対しても文句があるということはないんですか？」

「私は、この会の人間ではないので、正確には分かりませんが、九人の中には、若い人もいると思うので、今の政治に不満を持つことも考えられますね」

と、金田は言った。

「金田さんは、なぜ、このグループに興味を持ったんですか？」

三田村が聞いた。

「私は昔から、バッジのコレクションをしています。去年あたりから、このバッジを見かけるようになったので、気にしていたのです。星と九を重ねたバッジというのは、珍しいですから」

「あなたは、九人の中の誰かに会ったことがありますか？」

　と、橋本が聞いた。

「一年前、ある政治家の講演会に行ったことがありましてね。盛会でしたが、その中で、あのバッジをつけた男を見つけて、声をかけました」

「どんな話をしたんですか？」

「名前は聞けませんでしたが、古代大和への回帰を念じていると言い、今日は、その政治家が好きなので、話を聞きに来たと言っていました。たしかに、その政治家は、政治信条の中に『古代日本への回帰』が入っているので、来ていたんだと思いますね」

　と、金田が言う。

「その政治家というのは、片山伸之、現総理じゃありませんか？」

「そうです。ただ、私が講演を聞きに行った時は、まだ総理じゃありませんでした。それに、片山代議士の支持団体としては、『山の会』がよく知られていましたので、このバッジの人は珍しかったですね」

　と、金田は言う。

「『山の会』というのは、正式に届け出されている、片山伸之が会長の青森県人中心の支援団体ですね？」

「そうです」

「『古代大和』というのは、届け出されているんですかね？」

「いや、届け出されていないし、私は、バッジに興味を持っていたので、近づいたんですが、誰も知らないと思いますよ。何しろ、たった九人だけのグループですから」

と、金田は言った。

この「古代大和」の会に近づくのは、難しそうである。

そこで、三田村と橋本は、届け出されている「山の会」に先に当たってみることにした。

「山の会」は公称十万人、各都道府県に支部がある。

二人は、東京支部に行って、名簿を見せてもらうことにした。

全体の三分の一近い名前が載っている。幹部九人については、写真がついていた。

秋山　実
池田裕介
海原献一郎
工藤夏彦
佐野愛美

杉本ひろ子

あの名前だった。品川署の小野警部が、十津川に内密に送ってくれた「片山総理ファンクラブ」の名簿の中で、丸をつけていた名前だった。青森県人会で、開催前に、総理夫人と、会場の準備に当たった六人の名前である。いや、亀井刑事を目撃したと証言した六人である。

「山の会」の会員の中から、アトランダムに選んだ六人と思っていたのだが、東京支部の幹部たちだったのだ。

それなら、亀井刑事によく似た男も、九人の中にいるはずだと、二人は思った。

その推理は、当たっていた。

木村良介
河井幸男
と続いて、九人目に、
和田秀介
の名前。そして、顔写真。

二人は、揃ってうなずいた。

亀井刑事に、そっくりな顔が、そこにあった。年齢四十五歳。偶然だろうが、亀井刑事と同年齢である。

二人は素早く、この男の住所と携帯の番号をメモした。

外に出たところで、三田村は、十津川に電話し、「山の会」の幹部の中に、亀井刑事にそっくりな「和田秀介」を見つけたと報告した。

「現在の住所と携帯の番号が書いてありましたが、すでに住所も携帯番号も変えていると思います」

「東京支部の理事長は、池田裕介だったかね？」

「そうです。六人の中の二人の女性も、東京支部の幹部だと分かりました」

「彼らには、前に君たちも、それぞれ会って話を聞いているはずだが、もう一度、品川署の目を盗んで、会うことは、難しいだろうか？」

「そうです。品川署の目を盗んで会うことは出来ません」

「理事長の池田裕介には、たしか私は前に会っている。また会えないかね」

「そうですね。六人の証人の中には入っていますが、人材派遣会社を経営して、全国を飛び回っていますから、四六時中見張るのは無理だと思います。しかし、チャンスはあるかも知れません」

「亀井刑事を殺人犯にする計画に、重要な役割を果たしているはずだ」

「そう思います」

「すぐ戻ってこい。みんなで亀井刑事を助ける方法を考えるから」

と、十津川が言った。

第七章　最後のカーチェイス

1

とにかく、事態は、はっきりした。

犯人は、片山総理の後援会「山の会」の九人の幹部。

片山総理には、二つの後援会があって「山の会」は、その一つ。もう一つの「鷹の羽会」は、青森の上流階級の集まりで、どちらかといえば、片山総理夫人、信江の後援会といった方がいい。

最近、片山夫人の言動が、マスコミなどから、批判されるようになった。社会奉仕と称して、三十近い団体や学校の名誉顧問や会長に就任して、頻繁に視察という名目で、大勢のSPや、外務省から派遣されている女性官僚を引き連れ、地方回りを続けているため、公私混同だという批判に晒(さら)されていた。このままでいくと、その批判が、片山総理に及ぶだろうといわれるようになった。

それを心配した「山の会」の幹部たちが、片山総理夫人の口を封じようとして、最後の手段をとった。

片山総理夫人を消し、その犯人に、亀井刑事を仕立てあげようとしたのだ。

この背後には、亀井刑事の十一歳の息子、健一を誘拐したグループがいて、この犯行計画を「山の会」に売ったに違いない。

更に調べていくと、「山の会」の幹部九人の中に、亀井刑事と顔も背格好もよく似た男がいることが分かった。

名前は和田秀介、年齢も亀井刑事と同じ四十五歳である。

この男と他の幹部が、東京で、片山夫人を殺す時刻に、亀井刑事のアリバイを奪っておいたのだろう。そして、亀井刑事が、片山夫人殺しの容疑で、逮捕された。

こうなれば、警視庁や現役の刑事に対する批判が、どんなものか、想像される。

少しでも、亀井刑事を援護する言葉や行動は、全て嘘だと決めつけられた。

警視庁も、批判を恐れて、十津川たちを、この事件の捜査から外し、所轄の品川署の小野警部たちに任せ、また、十津川が、小野警部に連絡することも禁止した。

それでも、十津川と部下ら、亀井刑事の同僚たちは、この事件の捜査を続けた。時には、その一人一人が休暇届を出し、個人として、捜査を続けた。

その結果、分かったことが、いくつかある。

亀井刑事のそっくりさんの和田秀介は、現在、行方不明である。

「山の会」の他の幹部たちの今回の事件に対する証言は、次のようなものだった。

「和田秀介が、警視庁の刑事だとは全く知らなかった。和田秀介が偽名で、本当は亀井定雄だということもである」

「彼が、片山夫人殺しの犯人だと知って、びっくりしている。よほど、片山夫人が片山総理の邪魔をしていると考えて、怒っていたのだろう」

「その気持ちから、八月十日に、片山夫人の指示で、ホテルで青森県人会のパーティーの準備をしていて、彼女の横暴ぶりに我慢しきれなくなって、殺してしまったのだろうと思いますね」

「彼は、同じ『山の会』の幹部ですが、プライベートについては、ほとんど知らないのです。ですから、彼の家族についても分かりません」

「もちろん、彼が、片山夫人を殺すなどとは、全く考えていませんし、とにかく、驚いています」

「山の会」の幹部たちは、亀井刑事が、和田秀介の偽名で「山の会」に入っていたと言っているが、これは嘘だろう。

幹部の一人、和田秀介が、亀井刑事に、そっくりなことを利用して、片山夫人殺しを計画したとしか考えられない。

つまり、和田秀介という男は、実在するのだ。

だが、亀井刑事を、片山夫人殺しの犯人として逮捕した現在では、二人が、同じ空間に共に実在しては困るのだ。

だから、和田秀介は、行方不明になった。

「犯人グループは、『山の会』の幹部九人だと思っている」

と、十津川は、部下の刑事たちに、言った。

「その中に、もちろん、和田秀介も入っている。というより、私は、主犯ではないかと、思っているんだ。現在、和田秀介はどうしているか、そのことから、君たちの意見を聞きたい」

「現在、亀井刑事が、殺人容疑で逮捕されています。犯人たちにとって、一番の不安は、そっくりの和田秀介が、発見されてしまうことでしょう。だから、殺して土に埋めるか、海に沈めるか、焼却してしまうかのいずれかが考えられます」

と、日下刑事が、言った。

「すでに、海外に逃亡しているんじゃありませんか？」

と、言ったのは、田中刑事だった。

「片山夫人殺しは、たぶん、最近になって計画・実行されたものと思われます。和田秀介は、四十五歳といいますから、妻子もいるでしょう。それを私たちが押さえることが出来れば、亀井刑事を何とか助けられると思います」

と、北条早苗刑事は、言った。

「『山の会』の会員は、十万人といわれています。その中には、山奥で、秘湯の宿をやっている人間もいると思うので、その宿に、一時的に隠れているんじゃないでしょうか？」

と、言ったのは、北条刑事とコンビを組むことの多い三田村刑事だった。

他に、三人の刑事が集まっていたのだが、これ以外の意見は出なかった。

十津川が、それに対して、自分の意見を言った。

「和田秀介は『山の会』の幹部だったし、彼が主犯なんだ。そんな人間を、彼らが殺すとは思えない。それから、和田秀介の名前で、最近、出国した人間がいるかを、全国の入国管理局に調べてもらったが、該当者はいなかった。まだ、日本国内にいるということだが、秘湯に隠れているのではないかという三田村刑事の考えも、可能性はある。しかし、二つの理由で、この考えを捨てることにしたい。一つは、今、秘湯ブームで、多くの人たちが秘湯に行くからだ。そうした人たちの目に留まる可能性が高い。第二の理由は、和田秀介が『山の会』の幹部九人の一人だから。それに、今回の事件は、和田秀介自身が、口にしたと思うのだ。少なくとも、彼がノーと言えば、出来ない事件だからね。となると、秘湯にしばらく隠れていてくれと言われても、それを承知するはずがないだろうと思う」

「つまり、和田秀介は、隠れて息をひそめるなんてことは、承知しないだろうということですね？」

「そうだ」

「しかし、彼が姿を現したら、犯人たちの計画は、その時点で失敗になりますよ」

「その通り。だが、和田秀介は、自分が主犯だから、じっと隠れたりはしないね。堂々と姿を現して、事件の結果を見たいと思うだろう。そんな人間だと、私は、思っている。だから、姿を現しても大丈夫な方法を取るはずだ」

　と、十津川が、言った。

「そうなると、方法は、一つしかありませんが」

　と、日下が、言う。

「言ってみたまえ」

「整形です。顔を変え、別人の名前を使って生きていく。これしかありません」

「その通りだよ」

　と、十津川は、ニッコリした。

「しかし、そうなると、無名の人間になってそれまでの人生を捨てなければならなくなりますが、事件の主犯が、それで我慢するでしょうか？」

と言う日下の言葉に、十津川は、否定せずに、

「たしかに、そのあたりが問題だな」

と、言い、付け加えて、

「今回の事件は、『山の会』の幹部九人が計画したものだと思う。その中の和田秀介は、姿を隠しているが、残りの八人は隠れていない。そこで、この八人を徹底的に調べてほしい。共犯なら、和田秀介とどこかで連絡を取りあっているだろうし、私たちが考える整形と、関係があるかも知れない」

「今から始めましょう」

と、日下が、言った。

「亀井刑事の裁判が始まる前に、彼の無罪を証明したいね」

と、十津川は、付け加えた。

2

男七人と女二人である。

全て、東京支部の幹部だから、調べるのは、それほど大変ではなかった。

難しかったのは、上司の本多一課長や三上刑事部長に知られずに、九人を調べることだった。

そこで、十津川は、逆手に出た。二人の上司の顔を見るなり、

「亀井刑事のために、捜査させて下さい」

と、頼んだのだ。

当然、二人は、ノーと言う。それを繰り返しているうちに、本多一課長も三上刑事部長も、十津川を、いつも、自分たちがノーと言うので、ほかに何も出来ずにいる男と思い込むようになってしまったのだ。

その隙をついて、十津川は、猛烈な勢いで九人を調査した。

そして、その中の一人の女性に注目した。

名前は、杉本ひろ子、五十歳。東京美容学校の校長だった。もちろん、生まれは、青森である。

地元の高校を卒業した後、上京。アパレル関係の会社で働いていた時、スカウトされ、ファッション雑誌のモデルになった。

その後、自ら美容学校を作り、現在、生徒数二万人といわれ、多くのメイクアップアーティストを生む有名校になっている。

彼女は、その校長であると同時に、美容関連会社の社長でもある。

彼女はまた、中央テレビに自ら出演するコマーシャルの時間枠を持っていて、そのテレビで常に、

「自分が研究開発した美容法のおかげで、三十代に見られる」

と、自慢していた。

たしかに、五十歳には見えない。シワはなく、血色もよく、何よりも若々しい。

しかし、彼女のことを調べていくと、彼女の若さは、美容法ではなく美容整形のおかげだという声が聞こえてきた。

「彼女は、毎年、有名な美容外科医に診てもらって、少しでも老いを感じさせるところがあれば、すぐにその医者に、その部分を消してもらっているらしいわ」

「彼女は、その医者を、女性を美しくする神さまだと言っているそうよ」

そんな女性の声が、聞こえてきたのである。

しかし、その医者の名前が分からない。

そこで、東京にいる美容外科医に当たってみたのだが、杉本ひろ子が、神さまと呼ぶ美容外科医のことは、何も分からなかった。

どうやら、東京に住む医者ではないらしいが、そこで、捜査は、壁にぶつかってしまった。杉本ひろ子本人が、話すはずもないのだ。

（困った）

と、十津川が、考え込んでいる時、杉本ひろ子が、交通事故にあったという知らせが入った。

成城の自宅から、呼んでおいたタクシーに乗ろうとした時、背後から突っ込んできた軽自動車に、はねられたという。

杉本ひろ子は、顔面を打ち、すぐ救急車で運ばれてそのまま入院。

その知らせを受けて、十津川は、

（チャンス）

と、思った。

（顔面を打ったとすれば、杉本ひろ子は、顔のことを心配して、すぐに神さまを呼ぶに違いない）

刑事たちは、変装して、彼女が入院した病院の周辺で、やって来る人たちと車を写真に撮りまくった。

入院して二日目、彼女は突然、自宅近くの病院に移った。

刑事たちは、今度は、その病院にやって来る車と人間を撮りまくった。

一方、十津川は、彼女が、最初に運ばれた救急病院に行き、院長に会って、彼女が、病院を変えた理由を聞いた。

「実は、杉本ひろ子さんは、うちの病院に、他の病院の医師を呼んで、診断を受けたんですよ。そういうことをされては困ると言ったら、勝手に退院してしまったんですよ」

と、院長は、言う。

「その医師の名前は、分かりますか？」

「いや。分かりませんが、京都の整形外科医というのは分かりました。美容外科医としても有名な医師だそうです」

「京都の整形外科医というのは、間違いありませんか？」

「ええ、間違いないと思います。入院中の杉本ひろ子さんは、看護師の話では、しきりに京都に電話して、先生、来て下さいと言っていたそうですから」

「彼女が、ここから移ったのは、成城にある木塚（きづか）という総合病院なんですが、なぜ、そこに移ったのか、分かりますか？」

十津川は、答えが返ってこないだろうと思いながら、聞いたのだが、院長は、あっさり、

「分かりますよ」

と、言った。

「本当に分かるんですか？」

「うちには、美容外科はないんです。どうしてないのかと、怒っていましたからね。だから、美容外科のある病院に移ったんじゃありませんか？」

と、院長は、言った。

その答えは、杉本ひろ子が移った成城の病院にある診療科目とも一致していた。

北条早苗刑事が、その「木塚総合病院」に入院したことのある女性を見つけて、病院の様子を聞いた。

「あそこには、美容外科がありますが、どんなお医者さんですか？」

「あの病院に、美容整形の設備はありますが、専門の先生は、いないんです。一応、診てくれますけど、手術が必要になると、京都から偉い先生を呼ぶんです」

と、女性が、教えてくれた。

「京都からやって来る、その医者の名前は、分かりますか？」

「皆さん、立石（たていし）先生と呼んでいましたね」

「杉本ひろ子という女性を知っていますか？」

「ええ。日本の美容界の第一人者でしょう」

「今、彼女は、その木塚総合病院に入院しているんですよ。どうして、そこに入院をしたのか、あなたには分かりますか？」

北条が、聞くと、彼女は、ニッコリして、

「それは決まってますよ。京都から立石先生を呼んで、あの病院で美容整形を受けるつもりなんじゃありませんか？」

と、言った。

(これで、一歩前進した)

と、北条から報告の電話を受けて、十津川は、思った。

杉本ひろ子は、病院を替えて、京都から立石という美容外科医を呼ぶつもりだろう。

その立石という医師を捕まえれば、行方不明の和田秀介が、今、どんな状態で、どこにいるのかも分かるかも知れない。

ところが、杉本ひろ子を監視していた刑事から、彼女が木塚総合病院を突然、退院したという電話が入った。

「行き先は?」

と、聞くと、日下刑事が、

「自家用車のベンツを、自分で運転して、高速道路を西に向かっています。三田村刑事が、追いかけています」

「おそらく、行き先は京都だろう。間違いない。私は、新幹線で京都に行く」

「私たちは、どうします?」

「全員で行けば、本多一課長と三上刑事部長に知られて、怒られるに決まっている。だから、北条刑事だけ京都に向かうと言ってくれ」

十津川は、すぐ京都に向かうことにして、東京駅に急いだ。

「のぞみ」の車中さえ時間が惜しい。

杉本ひろ子は、交通事故で顔に傷がついた。それで、京都の有名な美容整形の医者に東京に来てもらうことにしたのだが、今回に限って、来てくれなかった。

それで、自分の方から京都に行くことにしたのだろう。新幹線を使わなかったのは、顔の傷が、まだ残っていて、それを他人に見られるのが嫌だったからだろう。

3

京都に着いた。

杉本ひろ子は、まだ着いていない。

彼女の車を追跡していた三田村から、十津川の携帯に連絡が入る。

「現在、浜名湖(はまなこ)サービスエリアです。のどが渇いたのか、コーヒーを飲み、自販機でお茶を買っています」

と、三田村が、言う。

捜査一課長や刑事部長から、亀井刑事に関係する捜査を禁じられているので、パトカーは使えない。そこで、三田村は自分の車で、杉本ひろ子を追っているのだ。

「彼女の様子は、どうだ？」

と、十津川が、聞いた。

「しきりに、車の外で、どこかに電話をしています」

「おそらく、京都の美容外科医に連絡しているのだろう」

「その医者は、どうして東京に来なかったんでしょうか？　杉本ひろ子は、お得意様のはずだと思うんですが」

「別の患者の整形に忙しかったからだろう」

「和田秀介の顔の整形ですか？」

「それなら、こちらとしては、チャンスなんだがね」

と、十津川は、言った。

三田村との連絡のあと、十津川は、京都府警の島崎警部に電話した。

二年前の合同捜査で、一緒に仕事をした相手である。

「今、京都に来ていますが、ぜひお会いしたい」

と、言うと、一瞬の間を置いて、京都駅近くのＧホテルのロビーで、三十分後にと、相手が、答えた。

一瞬の間は、亀井刑事のことがあるからだろう。

三十分後の約束どおりに、Ｇホテルのロビーに島崎警部が現れた。十津川は、正直に、現在の状況を話した。

「それで、京都にいる腕のいい整形外科医を探しています。苗字は立石というらしいんですが」

「腕が良くて、金を出せば、どんな整形手術も引き受ける医者でしょう？」

と、島崎が、言う。

「その通りです」

「私が知っている整形外科医の立石かも知れません。連絡してみましょうか」

と、島崎は、言い、ロビーの外で電話をしていたが、戻ってきて、

「一時間後に、石塀小路のバーで会うという約束を取りつけました。立石徹という京大医学部出身の整形外科医で、腕はいいんですが、いろいろと問題を起こして、現在、医師の免許は取りあげられています」

「立石徹という医者なんですか？」

「現在、息子が院長をやっている病院に行っているようです」

「免許が取りあげられているとすると、医療行為は出来ないわけですね？」

十津川が、聞くと、島崎は、笑って、

「その通りです。腕のいい整形外科医ですから、内緒で女性の顔の整形なんかをやっているという噂は聞いていています。だが、証拠は摑めない。患者の方も、話してくれませんからね」

と、言う。

一時間後に、島崎の案内で、石塀小路のバーに行った。その直前に、十津川は、三田村刑事から連絡を受けていた。杉本ひろ子が、京都に入ったという連絡だった。

三条にあるTホテルに入ったというのである。

石塀小路は、市電の敷石を並べて作られた小路といわれているが、それより、不思議に静かな雰囲気で知られている。バーや旅館などが並んでいるのだが、表が普通の家と同じ造りである。

内部を変えても、表は、昔のしもたやのままにということが、今の石塀小路の佇まいを造っているのだろう。

島崎が案内したのも、そんな店だった。

表は普通の家だが、中に入ると、真っ赤なじゅうたんを敷きつめたバーである。だから、ママもいる。

立石徹という医者は、先に来ていて、電話をかけていた。

十津川と島崎は、カウンターに腰を下ろし、ビールを飲みながら、立石の電話が終わるのを待った。

立石徹の声は聞こえないが、電話の相手を説得している感じだった。

(ひょっとすると、相手は、杉本ひろ子ではないのか)

と、十津川が、想像しているうちに、電話を終えた立石が、カウンターに来て、

「女性相手の電話は、何とも苦手でね」

と、笑った。

「その女性は、東京の杉本ひろ子じゃないんですか？」

十津川が、聞くと、立石は、

「えっ？」

と、声に出した。

「やっぱり、杉本ひろ子なんですね？」

十津川の質問には答えず、立石は、

「この人は？」

と、島崎に、聞く。

「警視庁の十津川警部です。何か、あなたに聞きたいことがあって、東京からわざわざ来られたんです」

島崎が、紹介し、十津川が、

「立石先生は、有名な整形外科医だと、お聞きしましたので」

「正確にいえば、元整形外科医です」

「杉本ひろ子さんとは、親しいんですね？」

「そうですね。私が、まだ医者だった時、何度か、彼女の顔を整形したことがありますよ。整形外科医の私が言うのもおかしいんですが、本当は、顔は、あまりいじらない方がいいんですがね」

「和田秀介さんを、ご存じですね？」

十津川は、わざと決めつけるように、言った。

一瞬の間を置いてから、

「向こうで話しましょう」

と、立石は、カウンターから奥のテーブルに移動したいと、主張した。

三人で、奥のテーブルに移動した。

「私は、先生を逮捕しに来たわけじゃありません。殺人容疑で、誤認逮捕されている同僚の刑事を助けたい。ただ、それだけなのです」

と、十津川が、言った。

「その事件なら、新聞で読みましたよ。しかし、私は関係ない」

「和田秀介という男は、その誤認逮捕されている亀井刑事と、顔も背格好もそっくりです。この男が、殺人を犯しましたが、亀井刑事の犯行とされて、逮捕されてしまいました。犯行は全て、和田秀介のやったことなのです。亀井刑事が逮捕されると、そっくりの和田秀介が邪魔になってきます。そこで、先生に頼んで、別人になる手術をしたのではないかと、私は、そう疑っているのです。今、どんな状況なのか、それを教えてほしいのです」

十津川は、必死で頼んだ。

が、立石は、

「私は、全く関係ありませんね」

と、繰り返した。

十津川は、考えた。

和田秀介が、この医者から、まだ整形手術を受けていないのなら、平気で話をするだろうし、今、自分のいる息子の病院にも案内するだろう。

逆に、和田秀介の整形手術が終わっていても、同じ態度を取るだろう。

したがって、立石が、やたらに和田秀介との関係を否定するのは、整形手術が、今、その途中だからではないのか。

それなら、立石徹が、杉本ひろ子の電話に困惑している理由も分かってくる。彼女は、交通事故で顔を負傷したので、立石に診てもらいたくて、わざわざ京都まで押しかけてきたのである。

だが、立石徹の方は、和田秀介の整形手術の途中なので、杉本ひろ子の相手が出来ないのではないか。

「分かりました」

と、十津川が、言った。

「東京に帰って、他を当たってみます」

「分かっていただいて、よかった。島崎警部の電話なので、急いでやって来ましたが、話がこじれなくて、ホッとしました。一緒に飲みたいのですが、これからヤボ用があるので、お先に失礼します」

立石は、笑顔で、帰って行った。

残った島崎は、恐縮した顔で、

「お役に立てなくて、申しわけない」

「いや。これでスッキリしたので、東京に帰って、別の整形外科医を探します」

4

十津川は、島崎と別れると、駅前のホテルに泊まることにした。

そのあと、すぐに京都に来ている三田村刑事に連絡を取り、もう一人、京都に向かっている北条早苗刑事にも電話し、こちらのホテルに来るように指示した。

全員がホテルに集合したのは、午後六時を過ぎていた。

ホテル内のレストランで、夕食をとりながら、十津川は、自分の考えを二人に伝えた。

「私の推測が正しければ、和田秀介は、現在、この京都のどこかで、顔の整形手術を受けている最中だ。医者は、立石徹。九人の幹部の一人、杉本ひろ子が、以前、何度も顔の整形手術を受けていた関係だ」

「和田が、整形手術を受けているのは、どこの病院ですか？」

「立石の長男が院長をしている、河原町御池（かわらまちおいけ）の立石病院だ。今回逮捕出来ないと、難しい事態になることを覚悟しなければならないと、思っている。上からの圧力も、当然、強くなるだろうからね」

「京都府警の協力は、要請しないんですか？」

「頼めば、京都府警から警視庁に連絡がいくだろう。しかし、そうなると、刑事部長から、中止命令が来る恐れがあるんだ。それに、京都府警の島崎警部が、立石とは親しいようなのでね」

三人は、打ち合せをし、暗くなってからホテルを出た。

問題の病院は、京都市役所の近くにあった。

市役所の明かりは、半分以上が消されていたが、病院の方も同じだった。外来のための入り口は、すでに閉まっていた。一階の非常口だけに明かりがつき、赤色灯が光っている。

三人は、その入り口を入っていった。

ガードマンが、現れた。

「一般の方は入れませんよ。ここは、緊急用の入り口です」

と、言う。

十津川は、ガードマンに、警察手帳を突きつけた。

「今、整形手術が行われているはずです。執刀は立石徹、患者は和田秀介、四十五歳。手術室は、どこにあるのか、教えて下さい」

「院長に相談しないと、教えられません。それに、あなたは、警視庁の刑事さんでしょう？　だとしたら、ここは京都で、管轄外でしょうから」

と、言い、警視庁に問い合わせるという。仕方なしとして、十津川が、三田村刑事に、眼で合図を送る。

北条が、ガードマンを羽交い絞めした。三田村刑事が、ガードマンに当て身をくらわせる。気を失った相手を部屋に放り込んで、三人は、奥に進んだ。

エレベーターに乗る。エレベーターの中に、この病院の案内図が取りつけてあった。

三階に手術室がある。

三人は、エレベーターで三階に上がっていく。

三階で降りる。

各階にナースセンターがある。ここには明かりがつき、看護師の声が聞こえた。

だが、受付に姿はなく、奥に集まっているようだった。

十津川たちは、足音を忍ばせて、ナースセンターの前を通り過ぎた。

通路に沿って、二つの手術室が並んでいる。

どちらの部屋にも「手術中」の表示が点いていなかった。

だが、耳を澄ませると、「第一手術室」と書かれた方から、かすかに人の声が聞こえてきた。男と女の声である。

女の声は、杉本ひろ子の声に似ていた。

「踏み込むぞ」

と、十津川が、短く、言った。

ドアノブに手をかけ、引っ張った。

ドアが開き、「あっ」という女の声。

うす暗い部屋に、手術用具が並び、その陰に男と女がいた。

「誰だ？　いったい何なんだ？」

と、男が、叫ぶ。怒鳴る。

十津川は、警察手帳を示した。

「院長ですか？」

と、聞く。

「そうだが、警察が何の用だ？」

「和田秀介は、どこですか？」

「そんな奴は知らん」

「いいですか、これは殺人事件の捜査です。もう一度、お聞きします。和田秀介は、どこですか？」

「だから、そんな奴は知らんと言っているだろう。それに、私は、殺人事件なんかには関係ない。さっさと帰りたまえ」

「和田秀介の整形手術は、もう終わったんですか？」

「そんな奴は知らんと、何度も言っているだろう」

「全ての器具が温かいですよ。ついさっきまで使用されていたような、そんな感じがします」

と、北条刑事が、叫んだ。

「あなたが正直に言ってくれないなら、お父さんに聞きますよ」

と、十津川が、迫る。

院長の顔が苦渋の色に変わった。

「院長室だ！」

十津川が、叫び、手術室を飛び出した。

さっきエレベーターに乗った時、院長室は五階にあると、確認している。

エレベーターに乗って、五階のボタンを押す。

ナースセンターが、急に、やかましくなった。

が、今は、それを無視した。

五階で降りると、院長室に向かって走る。

看護師長が飛び出してきたが、十津川は、制止をふり切った。

院長室から、秘書らしい六十代の男が、顔を出した。

十津川たちは、その男を押し戻す格好で、部屋に入って、ドアを閉めた。

そこには、立石徹が疲れ果てた様子で、椅子にうずくまっていた。十津川を見ると、怒りの表情を浮かべた。

立石徹は、十津川を睨(にら)んで、声をふるわせた。

「警察が、こんな勝手なことをしてもいいのか？」

「和田秀介は、どこです？」

十津川が、聞き、三田村と北条早苗が、広い院長室の中を調べ回る。

「和田秀介なんか知らん」

と、立石徹が、叫んだ時、刑事たちが、奥から顔を包帯で巻かれた男を、引きずり出した。

「奥のベッドで寝ていました」

と、三田村が、報告する。

「和田秀介か？」

十津川が、聞く。

包帯男は、黙って首を横に振る。

「包帯を取ってくれないか」

と、十津川が、言うと、立石徹が、

「駄目だ。整形手術をしたばかりだから、包帯は取れないよ」

大声を出した。

「鉛筆を貸して下さい」

と、十津川が、言った。

「鉛筆を、いったい、どうするんですか？」

「簡単な指紋採取法ですよ」

十津川は、差し出された鉛筆の芯を削って、粉を作った。

「手を出して」

と、十津川は、言った。

警察では、和田秀介の指紋を取ったことなどないのだから、完全なハッタリである。

十津川が、男の指をつかんで、黒い粉を押しつけようとすると、その指が、小さく震え出した。

「大人しくしろ！」

と、十津川は、わざと怒鳴った。

「言っておくが、君の指紋が、和田秀介の指紋と一致したら、殺人容疑で逮捕するからな。総理夫人殺害の容疑だ」

「違う。違うんだ！」

と、男は、急に叫んで、床にしゃがみ込んでしまった。

「何が違うんだ？」

「私が殺したんじゃない！」

と、また叫ぶ。

「総理夫人を殺したのは、別の幹部か？」

「そうだよ。私は、計画を立てただけだ」

「駄目だ。殺人容疑で逮捕する」

と、十津川は、わざと相手の弁明を拒否した。

「信じてくれ！」

と、男が、また叫ぶ。

「和田秀介だな？　それを認めなければ、逮捕だ」

「分かった。和田秀介だよ」

やっと、男がうなずいた。

十津川は、北条早苗が、ボイスレコーダーのスイッチを入れたと合図するのを見てから、

「それでは、今回の事件について、全てを話してもらおう」

と、言った。

外から、院長室のドアを叩く者がいる。

「誰も入れるな」

と、十津川は、三田村に言い、彼が、部屋の外に出て行き、外の騒ぎを鎮めるのを待ってから、

「片山総理夫人の口封じは、『山の会』の幹部が計画したんだな？」

と、男を見た。

「そうだ。片山総理夫人のわがままは、目に余る。下手をすると、総理の大きな傷になりかねないと、思ったんだ」

「それで、片山総理夫人の殺しを考えたのか？」

「そうだ。国家のためにだ」

「その犯人を、亀井刑事にしようと考えたのは、君がそっくりだからだろう？」

「そうだ」

「しかし、どうやって、亀井刑事を見つけたんだ？　どうして、君に亀井刑事がそっくりだと知ったんだ？」

「喋らなければいけないのか？」

「当たり前だ。どこかのグループが、売り込んできたんじゃないのか？」

「刑事さんも、知っているんじゃありませんか？」

「だが、君から聞きたい。やっぱり売り込みか？」

「どこで聞き込んだのかは知らないが、突然、仁木と名乗る男の声で電話があったんだ」

「どんな内容の電話だ？」

「今、現役の刑事と、誘拐したその十一歳の息子を、手持ちの駒にしている。子供を使えば、父親を自由に動かすことが出来る。この父子一組を五百万円で譲ると、そう言ってきたんだ」

「それで、すぐに使う気になったのか？」

「最初は、半信半疑だった。そのうちに刑事の顔写真を送ってきた。その写真を見て決心がついたんだ」

「君と、亀井刑事がそっくりだったからか？」

「ああ、そうだ。年齢も背格好も同じなので、使う気になったんだ」

「君が言いだしたのか？」

「いや、幹部九人で決めたことだ」

「どうやって、そのグループと連絡していたんだ？」

「中央新聞の三行広告欄に『10』のサインで『会いたい』と書くと、向こうから連絡してくるんだ」

「君の方から会いに行くのか？」

「そうだ」

「どこで会っていたんだ？」

「いつも、新宿西口のSホテルの駐車場に停まっている、キャンピングカーだった。ホワイトのツートンのベンツのキャンピングカーだ。プレートナンバーは、時々変わるから覚えていても意味がない」

「相手の名前は？　何と呼んでいたんだ？」

「仁木さんと呼んでいたが、それが本名かどうかは、分からない」

「仁木さんか？」

「こちらが連絡を取りたい時は、仁木と書くことになっているが、池山と言っていることもあった」

池山というのは、シンガプーラを飼っている池山さとみの兄・琢也に違いないと、十津川は思った。

「ところで、これだけ話したんだから、逮捕はなしだろう?」

と、和田が続けた。

「そうはいかないよ」

十津川が、言うと、立石徹が、

「彼は、整形手術をしたばかりだから、動かさないでもらいたいんだが」

と、言った。

「それなら、落ち着くまであなたに預けましょう。逃がしたら、代わりに、あなたを逮捕しますよ」

と、十津川は、脅かしておいた。

5

十津川は、正式に京都府警に、事件についての協力を要請した。

整形手術をした和田秀介と、それを施した立石徹元医師の監視を頼んでおいてから、杉本ひろ子と一緒に、新幹線で東京に戻った。

すぐに本多一課長と三上刑事部長に、ボイスレコーダーを聞かせた。

最初、二人は、十津川が勝手に動いたことに不機嫌だったが、ボイスレコーダーを聞いているうちに、表情が変わってきた。

聞き終わると、まず、三上刑事部長が、

「とにかく、良かったな」

と、言い、言葉を続けて、

「うちのベテラン刑事が、殺人容疑で逮捕された。有罪判決を受けたら、下手をすると警視総監の首が飛ぶかも知れなかったんだ。何といっても、殺されたのが総理夫人だったからね」

「いや、部長。まだ安心は出来ませんよ」

と、本多一課長は、言うと、十津川に向かって、

「君の言う、誘拐を商売にしているグループが逮捕されるまでは、まだ安心出来ないからね。それで、君には、すぐに逮捕出来る自信はあるのか？」

「すでに罠(わな)を仕掛けておきました。上手くいけば、二、三日中にグループを逮捕出来ると思います」

「どんな罠なんだ？」

「これは、『山の会』の幹部九人に、犯人逮捕に協力すれば、情状酌量するといって、協力をさせたのです。総理夫人は上手く殺せたが、彼女のお気に入りの女性秘書が、動き回って、危なくて仕方がないので、何とかしてくれと、呼びかけさせることにしたのです。グループのキャンピングカーを見つけられれば、逮捕出来ます」

「それはいいが、幹部九人の情状酌量は駄目だ。何しろ、総理夫人を殺しているんだからね」

「その件ですが、実際に総理夫人に手を下した者も含めて犯行に深く関与したのは、二人から三人だということですので、他の人間には情状酌量をお願いしたいのです。誘拐グループの逮捕には、協力することを約束していますから」

と、十津川は、言った。

「それは、考えておく」

「それからもう一つ、誘拐グループの逮捕まで全て、彼らの計画どおり上手くいっていると、思わせたいので、亀井刑事の釈放は待っていただきたいのです。彼には申しわけないのですが」

「それは了承した。それから、誘拐グループ逮捕のために、刑事の人数をもっと増やしてもいいぞ」

「感謝します」

と、十津川は、頭を下げた。

6

「山の会」の幹部が、仕掛けた罠の結果を、少しずつ、十津川に知らせてくるようになった。

中央新聞の三行広告欄に「10」の署名で、「仁木さん」への呼びかけが載った。

「仁木さんへ。

先日お願いした仕事は、おかげさまで上手くいきました。また同じような仕事が来たので、もう一度、相談に乗って下さい。連絡を待つ。10」

すぐには返事が来なかった。

慎重に、この呼びかけの真偽を調べているのだろう。

真っ先に、逮捕されている亀井刑事の様子を調べたらしい。新聞社に、この件の問い合わせがあったというのだ。

亀井刑事は、今も逮捕されたままだと分かって、安心したのか、やっと誘拐グループから連絡があった。

それは、すぐ十津川に知らされる。

十津川が、心配したのは、誘拐グループが、新しく、また、子供の誘拐に走ることだった。

誘拐した子供は、この犯人グループにとって、大事な商売道具だからである。

それを防ぎたくて、三上刑事部長が増やしてくれた二十名の刑事を、使うことにした。

「山の会」の幹部から、十津川に連絡が入った。

ようやく、仁木さんから連絡が入ったというのである。

連絡係は、ほとんど杉本ひろ子だった。

「今から一時間以内に、新宿西口のN公園脇の国道に停められているキャンピングカーに、一人で来い。相談に応じるという連絡です」

と、杉本ひろ子が、言った。

「キャンピングカーは、ツートンカラーのベンツか？」

「そうですが、ボディの色は、ダークブルーだと言っています。おそらく、塗り替えたんでしょうね」

「そのキャンピングカーに、連中が乗っているんだね？」

「私たちが会った時は、仁木さんと呼ばれる三十代半ばの男と、ボディガードみたいな男、名前は分かりませんが、三十歳ぐらいで、大柄なボクサータイプの男です。それに女性が二人。しかし、これは女装している男だと思います」

「彼らは、武器を持っているのか？」

「ボスの仁木さんが、イギリス製の猟銃を二丁、持っています。許可を取ってあると、言っていました」

「いいか、三十分経ったら、会いに行け。それまでに、周辺に刑事を配置し、我々も、そのキャンピングカーに乗り込む。その時は、逃げろ」

と、十津川は、言った。

まず、念のためにN公園の上をヘリで飛んで、確認してもらった。

その写真が捜査本部に送られてくる。

たしかに、N公園の脇に、長さ二十メートルのキャンピングカーが、停まっているのが確認された。

ベンツのカタログで、ベンツのキャンピングカーと確認。

十津川は、その周辺に、二十名の刑事を配置。念のために拳銃所持。

それが済んだあと、十津川と四人の刑事が、覆面パトカーで、ゆっくりキャンピングカーに近づいて行った。

近くに車を停め、杉本ひろ子が、歩いてキャンピングカーに近づいて行く。

十津川たちも、パトカーを近づけて行く。

次の瞬間、杉本ひろ子が、いったん乗り込んだキャンピングカーから飛び出してきた。

十津川の顔色が変わった。

一瞬の間があって、轟然と爆発音が響きわたり、光がひらめき、眼の前のキャンピングカーが爆発した。

周辺は、紅蓮の炎に照らされた。

キャンピングカーに隠れたところから、一台の黒塗りのベンツS７００が、矢のように飛び出した。

「連中は、あの車だ。追え！」

と、十津川が、叫んだ。

ハンドルを持つ日下刑事が、アクセルを踏みつけた。

周辺は、炎と白煙とガソリンの臭いと、そして、悲鳴が渦巻いている。

一瞬遅れた十津川たちのパトカーは、たちまち引き離され、犯人たちのベンツを見失っていた。

十津川は、周辺に配置した二十人の刑事に連絡する。

「黒のベンツS700。犯人は、通称、仁木、三十代半ばで、猟銃二丁を所持。必ず捕まえろ！」

十津川たちのパトカーは、相手が見えないまま、首都高から東名高速の入り口に向かった。

上空を飛ぶヘリから、黒のベンツS700と思われる車が、東名高速に向かっていると、連絡があったからである。

十五分後。

東名高速では、すでにカーチェイスが始まっていた。

十津川たちも、東名高速に進入した。追い越し車線で、スピードを上げていく。

突然、先行するパトカーから連絡が入る。

「犯人のベンツが、ダンプカーに激突、現在、炎上中」

との電話連絡だった。

十津川の車が、サイレンを鳴らして、更にスピードを上げる。

やがて、前方に、噴きあがる炎が見えてきた。

ダンプカーに突っ込む形で、黒のベンツが燃えている。

交通は遮断され、神奈川県警のパトカーや消防車が集まって、炎上するベンツから、乗っている人間を引き出し、救急車に運んでいる。

「どうしますか？」

と、日下が、十津川を見た。

「連中が助かっても、しばらくは、神奈川県警の仕事だろう。池山琢也の線を辿れば、いずれ仲間たちの身元も明らかになるだろうから、焦る必要はないよ。私たちは、いったん東京に戻ろう」

と、十津川は、言った。

「戻って、どうしますか？」

「もちろん、カメさんを迎えに行くんだ」

解説

山前譲

夏休み中の八月二日、亀井刑事は息子の健一とともに長崎へと向かった。長崎・佐世保間を走る観光列車の「或る列車」に乗るためである。一四時五三分、長崎を発車すると、鉄道ファンの健一は、列車の中を走り回っては写真を撮りまくるのだった。一方亀井は、ビールを呑んだせいか席でうつらうつらしていた。

一七時三五分、列車は予定通り佐世保駅に着く。ところが、車内を見まわすと健一がいないのである。ホームで待っていても、健一は降りてこない。駅の監視カメラにもその姿はなかった。じつは健一は、誘拐されたのだ……。

「ｗｅｂ集英社文庫」で二〇一七年四月から十二月まで「九州観光列車の旅」と題して配信された後、二〇一八年三月に集英社より刊行されたこの『十津川警部　九州観光列車の罠』は、こんな不可解な発端から亀井刑事が窮地に陥っている。

◇

或る誘拐——列車内から誘拐されてしまった健一だが、もしかしたらそれほど慌てなかったかもしれない。なぜなら、以前にも誘拐されたことがあるからだ。それは北海道を舞台にした『特急「おおぞら」殺人事件』で、釧路へ向かっていた特急内から誘拐されてしまったのである。

そこまで危険な事態は何度もないけれど、刑事の息子であり、鉄道好きの健一少年は、列車内から事件を目撃したり、鉄道トリックを看破したりと、色々な事件に関わってきた。じつは妹のマユミも『特急「しなの21号」殺人事件』で誘拐されたことがある。そして『津軽・陸中殺人ルート』では、亀井刑事が東北新幹線の車中で、妻子を誘拐したから指示に従えと脅迫されていた。

誰でも同情したくなる亀井家の人々だが、十津川警部の妻の直子も『能登半島殺人事件』で拉致・監禁されているし、十津川自身も『七人の証人』で誘拐されて究極の謎解きを強いられていた。十津川シリーズの読者なら、ちょっと可哀想だが、健一少年が誘拐されたくらいでは驚かないかもしれない……いや、健一にとってはもちろんとっても危険な状況である。

或る列車——とてもこれが列車名とは信じられないだろうが、JRKYUSHU SWEET TRAIN「或る列車」が正式名称だと紹介すれば、違和感は多少なくなるだろうか。二〇一五年八月八日より運行されているJR九州のD&S（デザイン&ストーリー）列車である。

そのコンセプトはじつにユニークだ。一九〇六（明治三十九）年、当時の九州鉄道がアメリカのJ・G・ブリル社に豪華な列車を発注した。特別車、寝台車、食堂車、一等車、二等車からなる五両編成で、展望デッキが備えられていた特別車には独自に寝台個室と寝台もあったという。

ところが完成して日本に到着したときには、九州鉄道が国有化されていたため、その運用に窮することとなる。要人列車や団体専用列車として使用されたらしいが、あまり活用されず、大正末期に教習車として改造されてしまった。そして戦後、廃車となってしまう。正式な列車名はなく、「九州鉄道ブリル客車」などと呼ばれていたが、鉄道ファンの間ではいつしか「或る列車」として語り継がれていくのだった。

その列車が復活したのはなんと鉄道模型としてである。世界的に知られている鉄道模型制作者の原信太郎氏が、かつての資料を基に再現したのだ。さらにそれをベースにして、水戸岡鋭治（みとおかえいじ）氏がデザインしたのが「或る列車」である。ただし二両編成で、一号車が二人用と四人用のテーブル席、二号車が一人用と二人用の個室となっている。そして車内では極上スイーツが堪能できるのだ。

金・土・日を中心に、長崎・佐世保間の「長崎コース」と大分・日田間の「大分コース」が時期を変えて運行されている。その他の九州各地を走るコースも随時企画されてきたが、いずれもパッケージツアーとして座席は販売されている。健一少年でなくても、一度は乗ってみたい列車ではないだろうか。

或る要求——亀井父子が九州へ行くことができたのは、「元国務大臣が逮捕されそうな殺人事件」で手柄を立てて、三日間の特別休暇とボーナスが与えられたからである。東京、神奈川、沖縄で起こった少女殺害事件の合同捜査で浮かび上がった容疑者は、なんと著名な政治家だった。ただ、東京での事件には出版記念パーティーに出席していたというアリバイがあった。それを覆す手紙を亀井が入手して、その政治家を起訴することができたのである。

健一の誘拐犯は、重要な証拠である手紙を盗み出せと亀井に要求するのだった。急遽(きゅうきょ)駆けつけた十津川が誘拐のトリックを解明するが、犯人の正体はまったく見当もつかない。犯人の指示のままにふたりは東京に帰り、密(ひそ)かに捜査本部を設置して、対応を検討する。そして十津川は亀井に、「犯人の要求に、いったん承諾していい」と告げるのだった。はたして検察側は納得するのか？

或る特急——やはり健一を見捨てるわけにはいかない。亀井は退職願を出して再び九州へと向かう。そして犯人の指示のままに、熊本駅から特急「いさぶろう」に乗り、終点の吉松駅で特急「はやとの風」に乗り換える。その終点の鹿児島中央駅で……。

一九八七年の国鉄分割・民営化で誕生したＪＲ九州は、観光列車と称されるユニークな列車を積極的に企画してきた。一九八九年に博多・別府間で走りはじめた「ゆふいんの森」がその先駆けで、ネーミングと車体デザインの斬新さが話題となった。近年はとくに外国人観光客に人気が高いという。

二〇一一年の九州新幹線・鹿児島ルート全線開業に合わせて走りはじめた「あそぼーい！」は、雄大な阿蘇山の景観を楽しめる列車だ。寝っ転がって遊べる和室に木のプール、さらには絵本を集めた図書室と、まさに子供たちが遊べる列車である。

一六世紀の天草に伝わった南蛮文化をテーマにしたという「Ａ列車で行こう」は、ジャズのファンなら絶対にそそられるに違いない。車内のＢＧＭはもちろんあの曲で、洒落たバーでカクテルを味わえる。

神話の国・宮崎の魅力を味わうなら「海幸山幸」だ。なんと車内では「海幸彦・山幸彦伝説」の紙芝居サービスが！　「指宿のたまて箱」はその名の通り、有名な温泉地である指宿と鹿児島中央駅を結んでいる。薩摩半島に残る竜宮伝説がテーマとのことで、駅の発着に際して煙に見立てたミストが噴出されるという凝りようだ。

熊本・人吉間を走る「かわせみ　やませみ」にいたっては鳥の名前だから、どんな列車か想像できないのではないだろうか。車内は、四方を山々に囲まれた人吉盆地をイメージした、木を生かしたデザインとなっている。

亀井刑事が乗車した「いさぶろう」はその人吉にも停車するが、列車名はちょっと変わっている。同じ車両なのに、下りは「いさぶろう」、上りは「しんぺい」なのだ。しかも特急区間は熊本・人吉間だけである。「いさぶろう」は人吉・吉松間が建設された当時の逓信大臣である山縣伊三郎に、「しんぺい」は同区間開業当時の鉄道院総裁であった後藤新平に由来するというが、そのネーミングにすぐピンとくる人ははたしてどれくらいいるだろうか。

　これに比べれば「はやとの風」はシンプルだ。薩摩国の武士である薩摩隼人は全国的によく知られている。亀井刑事が乗ったのは、鹿児島県北部の吉松駅発で、隼人駅を経由して鹿児島中央駅へと向かう下り列車だ。停車駅のレトロな雰囲気も見所となっている。

　或る逮捕――もちろん息子が誘拐されてしまった亀井刑事に、内装がそれぞれに工夫された観光列車を楽しむ余裕などない。じつはその列車の旅には、アリバイを奪う目的があったのだ。なんと亀井は殺人容疑で逮捕されてしまうのである。かつて『特急「おおぞら」殺人事件』や『津軽・陸中殺人ルート』でもそんなことがあったとはいえ、とんでもない事態だ。亀井を助けようと十津川は必死の捜査を続けるが、その捜査は思わぬ方向へ……。

　ＪＲ九州の観光列車というと、十津川警部シリーズでも舞台となっている、クルーズ

トレイン「ななつ星in九州」が一番有名かもしれない。二〇一三年十月に運行を開始したその豪華な列車は、JRグループ各社に同じようなクルーズトレインの運行を促した。

本書『十津川警部　九州観光列車の罠』で亀井刑事の息子の健一が誘拐されてしまう「或る列車」はもともと、その「ななつ星in九州」に続く観光列車として企画されたという。観光客誘致に意欲的なJR九州のユニークな列車を登場させたこの長編は、読者を思いがけない路線へと導いていく。そして、十津川シリーズならではのスリリングなラストを迎えるのだ。

（やままえ・ゆずる　推理小説研究家）

本書は、二〇一八年三月、集英社より刊行されました。
初出　「ｗｅｂ集英社文庫」二〇一七年四月～十二月配信

＊この作品はフィクションであり、実在の個人・団体・事件などとは、一切関係ありません。

十津川警部、湯河原に事件です

Nishimura Kyotaro Museum

西村京太郎記念館

■1階　茶房にしむら
サイン入りカップをお持ち帰りできる京太郎コーヒーや、ケーキ、軽食がございます。
■2階　展示ルーム
見る、聞く、感じるミステリー劇場。小説を飛び出した三次元の最新作で、西村京太郎の新たな魅力を徹底解明!!

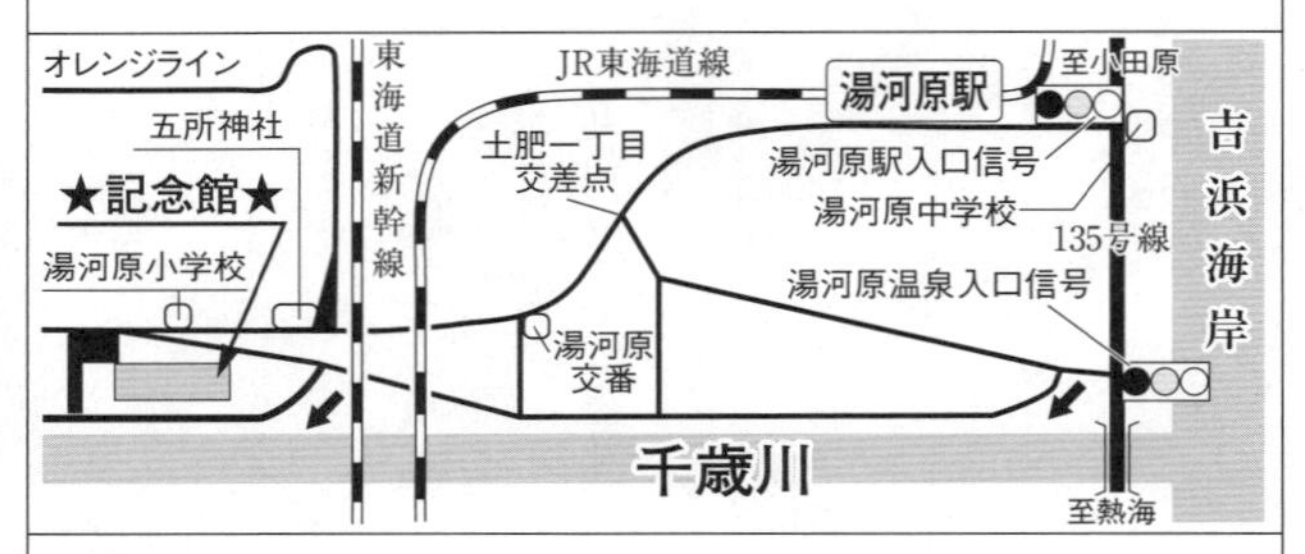

■交通のご案内
◎国道135号線の湯河原温泉入口信号を曲がり千歳川沿いを走って頂き、途中の新幹線の線路下もくぐり抜けて、ひたすら川沿いを走って頂くと右側に記念館が見えます
◎湯河原駅よりタクシーではワンメーターです
◎湯河原駅改札口すぐ前のバスに乗り［湯河原小学校前］で下車し、川沿いの道路に出たら川を下るように歩いて頂くと記念館が見えます
●入館料／840円（大人・飲物付）・310円（中高大学生）・100円（小学生）
●開館時間／AM9:00～PM4:00（見学はPM4:30迄）
●休館日／毎週水曜日・木曜日（休日となるときはその翌日）
〒259-0314 神奈川県湯河原町宮上42-29
TEL : 0465-63-1599　FAX : 0465-63-1602

西村京太郎の本

伊勢路殺人事件

サバイバルゲーム愛好家の男が殺された！　事件現場で目撃されたのは、十津川の妻が所属する愛犬家グループの犬で……。解決の鍵は犬のお伊勢参りか？　十津川警部の名推理。

十津川警部　雪とタンチョウと釧網本線

行方不明だった親友の恋人が記憶喪失の状態で発見された。十津川警部は人気のＳＬが走る釧網本線に乗り、連続殺人の真相を追う！　北海道と東京を結ぶ長編旅情ミステリー。

集英社文庫

集英社文庫

十津川警部 九州観光列車の罠

2019年12月25日 第1刷　　定価はカバーに表示してあります。

著　者　西村京太郎

発行者　徳永　真

発行所　株式会社 集英社
東京都千代田区一ツ橋2-5-10　〒101-8050
電話　【編集部】03-3230-6095
【読者係】03-3230-6080
【販売部】03-3230-6393(書店専用)

印　刷　大日本印刷株式会社

製　本　大日本印刷株式会社

フォーマットデザイン　アリヤマデザインストア　　マークデザイン　居山浩二

本書の一部あるいは全部を無断で複写複製することは、法律で認められた場合を除き、著作権の侵害となります。また、業者など、読者本人以外による本書のデジタル化は、いかなる場合でも一切認められませんのでご注意下さい。

造本には十分注意しておりますが、乱丁・落丁(本のページ順序の間違いや抜け落ち)の場合はお取り替え致します。ご購入先を明記のうえ集英社読者係宛にお送り下さい。送料は小社で負担致します。但し、古書店で購入されたものについてはお取り替え出来ません。

© Kyotaro Nishimura 2019　Printed in Japan
ISBN978-4-08-744056-0 C0193